在波涛汹涌的路口

你能不能逆势起飞

风口时代

一 场 打 车 的 战 争

河口 著

光明日报出版社

图书在版编目（C I P）数据

风口时代：一场打车的战争 / 河口著. -- 北京：
光明日报出版社，2019.10
ISBN 978-7-5194-5441-8

Ⅰ. ①风… Ⅱ. ①河… Ⅲ. ①长篇小说－中国－当代
Ⅳ. ①I247.5

中国版本图书馆 CIP 数据核字 (2019) 第 156529 号

风口时代 ：一场打车的战争

FENGKOU SHIDAI YICHANG DACHE DE ZHANZHENG

著　　者：河　口

责任编辑：章小可　　　　责任印制：曹　诤
封面设计：李彦生　　　　责任校对：慧　眼

出版发行：光明日报出版社
地　　址：北京市西城区永安路 106 号，100050
电　　话：010-63131930
传　　真：010-63131930
网　　址：http://book.gmw.cn
E - mail：gmrbcbs@gwn.com
法律顾问：北京德恒律师事务所龚柳方律师

印　　刷：北京华联印刷有限公司
装　　订：北京华联印刷有限公司
本书如有破损、缺页、装订错误，请与本社联系调换，电话：010-63131930

开　　本：165mm×230mm
字　　数：210 千字　　　　印　　张：19
版　　次：2019 年 10 月第 1 版
印　　次：2019 年 10 月第 1 次印刷
书　　号：ISBN 978-7-5194-5441-8

定　　价：49.80 元

目 录

C O N T E N T S

第一回

董昭寄人篱下
魏沉无奈北上

“只要站在风口，猪也能飞起来。”

——雷军

2010 年 6 月 8 日，乔布斯依旧黑色紧身长袖、牛仔裤，出现在加州 Moscone Center，向世界推出了可能是他在世的最后一件宝物——iPhone 4。

在地铁和公交上发呆或发短信的人们，开始渐渐习惯用拇指滑动智能手机屏幕的方式，来打发他们碎片化的时间。

2011 年 1 月 21 日，T 厂的副总裁 Allen 为中国人推出了在接下来若干年内不得不一天 16 小时形影不离的手机 App——微信。

电话运营商甚至一度希望扼杀这一让中国人开始不打电话不发短信的竞争对手。

科技以及移动互联网，以人们未曾见过的速度，迅速地抛弃着还未完全被熟悉的过去的生活，向人们毫不掩饰地展示着未来的魅力。

尤其在太平洋西岸的发展中的中国，被科技和移动互联网改变的，不仅仅是普通人的生活方式，更是有意或无意踏入风口恣意飞翔的人们的生活轨迹，乃至他们的命运。

胡伟

生于1988年，陕西人。原本应该2010年从浙大毕业的他，因为挂科，只能跟随下一届学弟学妹一起毕业。

胡伟的女朋友方梅，毕业后在银行工作。两人一起租住在浙大北门外的庆丰新村，房租每月1700元。由于胡伟没有收入，房租由方梅出。

胡伟除了偶尔回学校自习室复习、补考，参加一些招聘会看看就业行情，大部分业余时间打游戏、看美剧。和大学时一样，过得轻松惬意。渴望着顺利毕业后能有份轻松的工作，月薪能有5000元就万事大吉了。

2010年10月的一个周五傍晚，由于方梅要加班，胡伟便一个人在浙大食堂吃晚饭。吃完饭，在学校里瞎晃，忽然看到永谦礼堂外有几幅易拉宝，不少学生在往里走。

胡伟走近一看——《杭州城帆网络科技有限公司校园招聘会》。标题下面是一个人的照片——金边眼镜，笑容自信，手插胸前。胡伟觉得眼熟，一时叫不起名字，低头一看——“CEO徐星辰”。

徐星辰为人高调、自信。在系足球队踢球时就是活跃在前场的明星射手，创业后也吸引来不少校内外媒体，再加上形象阳光帅气，全校皆知有如此一号创业人物。

这次回浙大开招聘会，一是公司之前做的游戏赚得盆满钵满，徐星辰想招人开发新的游戏；再者也是一个宣传的机会。

徐星辰

生于1983年，浙江人，浙江大学著名的四大创业明星之一。大二时办宿舍楼的小卖部，网上下单线下配送。大三时开始做网页游戏，大四时成立自己的公司，专注网页游戏，拿到不少资本的投资，如今公司盈利不小。

宣讲会上，徐星辰站在舞台中央，侃侃而谈一个半小时，台下笑声不断，掌声雷动。胡伟虽早已听说有这样一个厉害的学长，但也是首次见到真人，坐在最后一排默默聆听。

宣讲会结束后，待把徐星辰围在中间的学弟学妹渐渐散去，胡伟弱弱地走上前去："星辰学长，我是06级的胡伟。听说您很久了，我特别崇拜您！这次是专门来听您的演讲的，本来没打算找工作，但听完后特别喜欢您公司的氛围和文化。可以去您公司实习吗？"

徐星辰嘴角上扬，边收东西边回答："行啊，来试试看。不过程序员我们已经有很多了，想不想来做产品？"

于是，由于挂科尚未毕业的胡伟，靠着对徐星辰的"崇拜"，随着下一届学弟学妹们一起，进入了徐星辰的公司，做见习产品经理。

胡伟喜欢打游戏，英文也不错，经常看一些海外网站，对于一些游戏的新趋势了解比别人快，渐渐成为了公司游戏产品策划部最重要的一员。徐星辰也是个爽快人，看胡伟表现不错，又谦虚好学，就直接给他提前转了正，月薪6500。

胡伟有了正式工作，月薪也高于预期，于是和方梅周末去庆祝，在公司所在的计量大厦楼下，吃了顿人均150元的自助餐。

吃完自助餐回家的路上，胡伟忽然看到餐厅对面包子铺门口，有一人正坐在自行车上吃包子，非常眼熟。走近一看，是浙大的学长董昭。

董昭有点不好意思地对胡伟说：“我刚从 JS 辞职，从上海回来了。听说现在电商比较赚钱，准备开家单品类电商平台，先从网店做起。租办公室成本太高，就跟徐星辰商量，借来 5 个工位，先做起来再说。”

“那以后，咱们就在一个办公室了，有啥需要帮忙的说一声。”胡伟对董昭热情欢迎。说罢告别，和方梅牵着手走回家。

虽然是南方，冬天依旧寒冷。胡伟把方梅的一只手放进了自己的羽绒服口袋。

背后包子店门口的路灯下，董昭坐在电线杆旁一辆别人的自行车后座上，两只手捧着热包子，嘴里呼出团团热气。

董昭

生于 1983 年，河南人，5 年前从浙大毕业后，进入国际快消 500 强企业 JS 做管理培训生。曾骑着自行车推销卫生巾，后来被派到上海，管理区域销售。

大学时，董昭和徐星辰都在同一个系。董昭比徐星辰大一届，两人都是系足球队的。在球场上，董昭担任中锋，呼应前后。徐星辰只踢前锋，靠反应力和速度成为最佳射手。一个是齐达内，一个是罗纳尔多。

球场上关于如何配合、如何进攻，两人有过不少摩擦。但徐星辰进球多，常常不把董昭的意见放在眼里。久而久之，两人几乎互不传球，各自组织进攻。

这次从上海回到杭州，董昭听说了徐星辰的创业风生水起，而自己在外企五年毫无建树，如今辞职开网店，觉得颜面无光。

而董昭又是一个实用主义者，既然选择创业，能有效控制成本，并且获得更多的帮助比面子更重要。于是，虽然心里不服气，董昭还是借着当年的队友之情，请求徐星辰的帮助。

徐星辰乃好面子之人，见到旧日学长、队友来有求于自己，自然喜悦。把位于计量大厦 14 楼办公室的 5 个工位借给董昭用，网络、水电免费。董昭也很感恩，徐星辰的各个新项目，如果有问题咨询董昭，董昭都会帮忙出谋划策。

徐星辰和董昭公司所在的计量大厦位于杭州城西的一条小路——万塘路。万塘路自南向北连接浙大的后山——老和山，和城西的夜宵聚集地——宋江村。每到晚上，两边大楼灯火通明。万塘路聚集着杭州城西的不少互联网科技企业，也包括全国互联网三强之一A厂的支付宝部门。

晚上8点，当徐星辰正在酒桌上向投资人高谈阔论，董昭在工位上和同事盘点数据时，在距离计量大厦200米外的沙利百酒店215房间的床上，躺着190斤的魏沉。

魏沉大学毕业后到上海做过足浴店的经理，随后听说了杭州大名鼎鼎的A厂，回到北京加入了A厂的华北区销售团队。魏沉长得憨厚老实，脑子聪明，讲话幽默，很受基层销售同事的喜爱。

加入A厂两年后，魏沉成为北京地区最佳销售，后经过各地任职锻炼，成为A厂支付宝最年轻的区域经理，管理北京区域。

魏沉管理北京区域时，汇报的领导是华北大区总经理高文。

在他眼中，小弟魏沉今天统领北京销售团队的气势，颇有他当年的风采。只是魏沉更谦和，更柔软——像他胖胖的大手一样软。遇到问题时，魏沉总是定定神，再给大家开个玩笑，慢慢化解。而当年在大家都没听过A厂的时候，高文用的是更“野”的方法搞定客户和团队——喝酒、

魏沉

生于1983年，江西人，北京化工大学毕业。从高中开始，就一直没瘦过。皮肤白，长着一双不算大但有神的细长眼睛，有一双软绵绵的大手。

军令状、裸奔……

就在上个月，高文离开了已经服务12年的A厂，转做投资人。魏沉万般不舍，但也十分理解老领导的感受——陪着创始人Jack从0开始创建一家公司，伴随它成长为庞然大物，而终究自己只是其中的一颗螺丝钉，虽然高文无论如何也算比较重要的一颗大螺丝。

而做投资人，高文希望通过自己的眼光和资源，投更多年轻人的项目，伴随他们一起成长，从而实现自己的人生价值。

此时，躺在万塘路沙利百酒店的魏沉，在5年的销售沙场征战后，觉得有些疲惫。他想回到杭州总部，想带着妻儿从北方沙尘之地，回到江南的温柔水乡，寻求一个更安稳的岗位。

可是刚刚过去的一天，接替高文的新的大区总经理拒绝了魏

高文

生于1976年，江苏人，南京大学毕业。早期加入A厂，曾是A厂董事长Jack身边最重要的销售管理者，在当年A厂从无到有的成长过程中，经历了无数战役。

沉的请求。因为 A 厂正在推广支付宝线下支付，而这场战役最重要的一个对手，很可能是深圳的 T 厂。这种关乎两个大厂你死我活的战役，领导自然不能让老兵魏沉临阵脱逃。指派他继续留在北京，并带领新团队进行支付业务的落地工作。

第二天，魏沉站在早高峰的万塘路边，打车去机场。身边是赶着上班的程序员们，出租车都亮着红灯，举着手招了 15 分钟，依旧没有一辆停下。

2011 年春天，这个 190 斤的胖子回到北京后，迅速组织团队，开始再熟悉不过的又一次的“抢滩登陆战”。

在华北大区誓师大会的夜晚，主持人要求各个城市的团队在空白旗帜上书写自己的队名。

魏沉思忖良久，在黄色的旗帜上写下了四个大字——君临天下。

第二回

开发打车软件
三强同时发力

> **焦伟文**
> 生于1974年，河北人。高中肄业后尝试过各种倒买倒卖，在中关村卖电脑配件，帮人攒电脑，也创建过几个小有名气的网站。

2011年秋天，从不缺少新鲜事的北京互联网圈冒出了一家新公司——“YY招车”。

创始人焦伟文这次做的项目，是一个手机打车App。用户通过手机下单，把自己需要用车的起点和终点输入手机。系统通过匹配，将平台的车辆指派给用户。

YY招车一推出，就在中关村一带引起了一小波轰动——要知道，在北京早晚高峰打车可是个老大难问题。

可是焦伟文遇到的问题也有两个。

第一，打车用户里，用 iPhone 4 等智能手机的用户有不少，让他们下载使用 App 很容易。但是司机群体里，大部分使用的还是诺基亚一类的功能手机——只能打电话发短信，最酷炫的功能就是彩信和彩铃。如何给这些司机安装 App？

第二，车辆的选择，如果全部找出租车司机合作，能找到的车辆有限。但是如果把市场上现有的“黑车”也纳入进来，不仅管理不方便，还可能引起管理部门来找麻烦。

针对智能手机的问题，焦伟文带着运营总监杨辰丽一起南下深圳，希望找到工厂生产一批廉价的智能手机。

焦伟文想要深圳生产的手机

杨辰丽

生于1983年，山西人，北京交通大学毕业。之前在外企做市场，被焦伟文请来做运营总监。

可以预装YY招车App，给注册司机人手一部，解决司机没有智能手机的问题。

在中关村大街，另一家做约车软件的公司“DY用车”要比YY招车至少早一年面世。

2010年，黄洲团队开发了“DY用车”平台，针对企业的商务用车需求，提供标准化的约车服务。

黄洲团队所用的车辆，都是车辆管理公司统一提供的帕萨特、凯美瑞等标准商务车。

企业出差打车难，DY用车通过网站及电话预约，让企业出差人员能够不必站在路边打车，直接派车上门接送。并且有正规发票提供。这种标准化的服务，给了北京商务用车市场焕然一新的服务。

黄洲为人低调内敛，这种用车服务在不少国企、事业单位获得了好评，却在互联网企业云集的中关村没什么人知道。

黄洲

生于1974年，广东人，广州大学毕业，后考取长江商学院。

黄洲早年在广东做家电行业，在传统电器领域摸爬滚打十几年，5年前北上开始转型做互联网。

当焦伟文带着从深圳工厂新鲜出炉的8000台低成本智能手机回到北京时，低调的黄洲也开始了他的突围——在YY招车办公地海龙大厦门口的广告牌上，赫然写着“DY用车App”几个大字。原本只做企业服务的DY用车，开始了它的“To C”业务。

刚从南方回来的焦伟文还没来得及换上毛衣，就召集全体核心成员，召开了针对DY用车进攻的战前会议。

“DY做得早，但它只针对大企业做用车。今天，看到我们打开了‘To C’市场，他们眼红了，也要来抢。我们允许吗？不允许！”焦伟文在会议室里白板前一个转身，自信满满地看着有些疲惫的同事们，“这次我们到深圳，以非常低廉的成本拿到了我们的定制手机。这是我们确定‘To C’市场地位的重要一步。黄洲舍得送司机手机吗？他们敢去拉黑车司机加入吗？他不敢！互联网行业，一切皆有可能。只有你不敢，没有做不到！他们太保守了，还是把机会留给年轻人吧……”

窗外是深秋的北京，空气混浊，充斥着煤炭、枯树枝和汽车尾气燃烧不充分的味道。

在号称中国硅谷的中关村，踢馆者前仆后继——瀛海威、搜狐、新浪、3721、hao123、百度……

在时代的滚滚洪流中，早起的鸟儿不见得笑到最后，后知后觉者未必没有机会。

一切机遇都在瞬息万变中，也分不清到底是机遇造就了英雄，还是英雄创造了时代。

在华东的上海，法国梧桐枝叶依旧繁茂。在这个缺少了一点创业氛围和互联网基因的“腔调”城市里，当北京中关村的创业者们正在舞刀弄枪时，一个香港人正在默默做着自己的打车软件。

Martin

生于1974年，香港人，加拿大西蒙菲沙大学毕业。曾在上海创立一家游戏公司，后被收购套现后，获得初步财富自由。

2011 年年底，闲不住的 Martin 再次撺掇之前开游戏公司的几位朋友一起创业。创业的方向恰恰也是出行。

上海的出租车品质本身很高，打车最大的问题是早晚高峰的车辆调配问题。

而上海的另一特点是外企多、国企多，所以商务出行的需求很大。

Martin 和朋友们创立的打车软件叫“蜜蜂用车”，模式和 DY 用车类似，通过和车辆管理公司的合作获得标准的车辆和司机服务，再通过 App 平台和打车用户对接。

Martin 团队的优势是体验和服务，香港人 Martin 会更在意内地公司容易忽略的一些服务细节。

蜜蜂用车在上海白领圈渐渐拥有了口碑，获得了本地用户的支持。

2011 年，三个生于 1974 年的男人，有着不同的背景和经历。此时似乎在同一起跑线开始了他们新的征程。

创业在他们的人生中显然都不是第一次，少了些激情澎湃，多了些轻车熟路。

焦伟文曾经卖过的盗版碟和电脑配件，今天变成了免费送给出租车司机的山寨手机。

黄洲曾经和各个渠道商谈的电器销售，如今变成了和车辆管理公司谈的车辆使用合作。

而 Martin 当年做过的游戏，现在变成了手机屏幕上随着 GPS 移动的小汽车图标。

焦伟文拿着他的 8000 台山寨智能手机来到北京西站出租车等候区，和同事们将手机送给每一个愿意使用 YY 招车的司机。

“管他咋用呢，先拿了免费手机再说。”是那几天出租车司机们之间说得最多的话。

很快，8000台手机发完了，司机数量有了一定提升。但焦伟文的焦虑才刚刚开始。

“目前安装了YY招车的司机有多少？”焦伟文问杨辰丽。

“送手机之前是12000，现在是18000。”杨辰丽说。

“还有很多司机来要手机，没了，于是就没装咱们软件。”杨辰丽告诉焦伟文。

此时，焦伟文忽然意识到，送手机这一招，让原本有智能手机的司机也希望得到一部免费手机。

而如果接下来司机的增加都要靠送手机，将是一笔巨大的成本。

是继续让深圳生产新一批手机，还是停止赠送，鼓励来领手机的司机们自己买智能手机然后装一个YY招车呢？

想要拿下6万多北京出租车司机的焦伟文，陷入了焦虑中。

黄洲的策略是跟更多正规车辆管理公司签署独家合作的协议。由车辆管理公司通过自己的系统来调配车辆，DY用车要做的只是把用车人的需求传达到车辆管理公司的调度系统里。

“记住，我们的车一定要合规、合法，最好是统一的车型。司机也要专业的司机，绝对不要黑车那一套。”黄洲对公司的管理层说，“我们比 YY 要更早尝试网络约车，不能因为一点小利益就打破底线和规范。如果有一天，乘车的是你的父母、长辈或孩子，你会让他们放心乘坐 DY 的车，那就说明我们的规范做到位了。”

逐渐地，越来越多的车辆租赁公司都纷纷和 DY 用车合作，并接受 DY 对车辆的各种规范要求。

到 2011 年年底，DY 用车在北京的可调配车辆达到 3 万辆。

在上海，Martin 的蜜蜂用车拥有了近 2 万的注册司机。

蜜蜂用车的电梯广告，贴满了陆家嘴的写字楼。

晚上 10 点，提着爱马仕包包的靓丽白领加班结束。一辆帕萨特停在写字楼门口，黑色的车身像镜面一样干净。

几个招手拦出租车的女士惊讶地看了一眼坐上帕萨特的爱马仕女孩，然后继续用力挥舞着手腕打车，像在拍皮球。

坐在一楼咖啡厅的 Martin 满意地看着窗外打车的白领们，运营总监徐英杰问 Martin：“Martin，将来你想把业务做到全国，甚至全世界吗？”

“英杰，你看那些打车的人。他们踩着最贵的高跟鞋，拿着最贵的包，在租金最贵的写字楼的格子间里加班到晚上 10 点。一身疲惫，还要挺直腰板，让上万块的职业西装不要皱掉。此时此刻，他们只想有一辆车能接他们走，带他们到郊区自己租的那一间小房子里，脱掉高跟鞋，解开捆绑头发的皮筋，让自己洗个澡彻底放松，安心地睡下。他们想要的不过是体面一点而已。而我们能做的，就是让打车这件事体面一点。”说着，望向窗外正在同时招手的三个女白领。“全国？我没想过，也不敢想。我的梦想不大。给上海的这几百万白领一点体面的出行，让自己公司的同事体面生活，就足够了。”

徐英杰

生于1985年，广东人，美国康奈尔大学毕业。毕业回国后和 Martin 一起运营游戏公司，被收购后继续跟随 Martin 做蜜蜂用车，担任运营总监。

2012 年元旦，冬天的帝

都和魔都，白领们穿着厚实的冬装，站在街头，目向远方，招着手，像在召唤他们的未来和梦想。

打车，这件从过去的“面的”、夏利开始渐渐普及的出行方式，被三个生于 1974 年的男人在中国最重要的两个城市开始进行互联网化的革命。

而此时，另外三个生于 1983 年的青年——魏沉、徐星辰和董昭，分别坐在北京地铁 10 号线的车厢里，坐在杭州绿色出租车的后排，以及骑着自己刚买来的二手自行车走在杭州的冬夜里。

在 2012 年 1 月 1 日的晚上，他们绝对没有意识到，这场即将打响的前无古人的互联网出行“战争”，他们也将成为其中的主角。

第三回

徐魏入局打车
融资首遇困难

董昭自从离开外企，回到杭州开网店以来，徐星辰已经找他讨论过好几个项目。

一个项目是运动版的“大众点评”，把各处的羽毛球场、篮球场之类的运动资源进行整合，通过 App 预订，收取一定的预订费。

另一个是社区版的“淘宝网”，通过和白领聚集的写字楼周围的超市、水果店等合作，手机下单，可以为白领们把零食、水果等快速送达。

徐星辰想到的类似项目创意还有不少，董昭的兴趣都不大，只是提了一些建议。

但他也发现，徐星辰关注的不少项目都是基于 LBS

（location based system，基于地理定位的系统）的项目。

董昭的网店运营顺利，也有稳定的收益，但毕竟是小项目。徐星辰不断喷涌的创业点子，给了董昭关于 LBS 的灵感，董昭想：“还有什么是在这块儿我能做的呢？”

2012 年 6 月的一天，徐星辰带着胡伟来找董昭。

徐星辰一见董昭就激动地说：“太牛了，这次这个项目一定能火！”

“啥项目？”董昭问。

徐星辰说：“打车！用手机打车！胡伟，你给董昭说说逻辑！”

胡伟说：“我们先找出租车司机安装我们的司机端 App，同时也找乘客，让他们安装乘客端 App。这样双方信息就能通过我们的后台匹配，让乘客通过手机叫车。”

“这个有点儿意思！”董昭说，“但这事儿，能做的人不少。我们竞争的优势是什么？比别人钱多，可以砸市场，找更多的司机和乘客。要么我们人多，可以通过人肉推广，拿下更多的地方，甚至走出杭州。但目前的优势是什么呢？”

徐星辰看着董昭说：“我们的优势是运营的效率！所以我来找你啊！运营方面是你的长项，现在胡伟做产品经理，我又找来了陈望做技术负责人，你如果能做 COO（首席运营官）就完美了！你要相信我能找来更多的钱，我们要做杭州最大的！”

从浙大毕业后，陈望 7 年都没有换过工作。这次徐星辰邀请他来做技术负责人，他立马答应，觉得终于可以走出 7 年写代码的无趣工作了。

而胡伟，本身对新事物就感兴趣。他早在英文网站上看到美国的“UB 打车”，就觉得这是个中国尚未有的朝阳行业。徐星辰找他来做新项目的第一个产品经理，他当然愿意。

陈望

生于1983年，浙江人，是董昭浙江大学的同班同学，也是一个球队的。陈望腼腆少话，是个技术宅。毕业后一直在一家互联网公司做开发工程师，一直做到了架构师。

于是，徐星辰作为 CEO（首席执行官），带着 COO 董昭，技术 VP（副总裁）陈望，产品经理胡伟开始了他们的打车项目。App 被命名为“DK 打车”，寓意“独快”。

项目启动，徐、陈、胡各司其职，组织运营、技术以及产品团队。徐星辰利用自己之前做网页游戏的创业资源，带着DK打车的方案和手机上的设计图，一天两顿茶三顿咖啡，从早到晚见天使投资人。

杭城几个小有名气的投资人见过徐星辰后，都对徐星辰已经赚钱的网页游戏更感兴趣，而对DK打车兴趣一般，觉得要赚钱周期太长。

聊了一周后，只有一位对DK打车的兴趣很大——来自掘金网的CEO郭自立。

郭自立看好徐星辰的DK打车，因为他本身做的是金融相关的互联网产品，他认为手机打车能产生大量的现金流，而软件除了通过平台服务赚钱，更重要的是这部分现金流。

于是，郭自立背后的投资公司，成为DK打车的天使投资人。

DK打车天使轮融资500万

> **郭自立**
>
> 生于1971年，河南人，浙江工商大学毕业。是A厂的早期员工之一，后离开A厂创办“百口网”，后被A厂收购。

人民币。

两个月前，魏沉已从A厂辞职。

目睹智能手机的不断普及，以及手机应用的快速发展，魏沉决定离开伴随他成长7年的如日中天的A厂，自己创业。

他想做的项目，恰巧也是出行。

当时，北京的YY招车和DY用车激战正酣，魏沉早有耳闻。但魏沉已料定这将会是一个千亿级的市场，于是铁了心要进来闯荡一番。

当时追随魏沉一起辞职的，还有谢林和任威二人，都是跟随魏沉两年以上的销售。

魏沉带着两人，来到北京的电脑卖场中关村e世界9楼，租了一个30多平方米的

谢林

生于1986年，山东人，青岛大学毕业。

任威

生于1987年，辽宁人，沈阳农业大学毕业。

办公室，开始了创业生涯。

软件名叫“KK 打车”，寓意“快快”。

魏沉和两人首先梳理了做 KK 打车的使命和愿景——让出行更美好。

之后找了一个外包团队设计和开发软件。

一个月后，粗糙简陋的“KK 打车测试版”做好了，魏沉看到手机里的软件时叹了口气——界面实在不怎么好看，功能看上去也傻乎乎的。

但也没办法，毕竟是 1.0 版本。魏沉二话不说便出门去见投资人。

在那几年的中关村，咖啡馆里一不留神就会听到隔壁桌几百万的天使轮、几千万的 A 轮，甚至上亿的 B 轮谈妥了。

魏沉是在中关村著名的投资洽谈地“3N 咖啡”见投资人。

第一位投资人李先生，来自能源行业。

魏沉介绍说：“李先生，我们做的 KK 打车，是一款帮助用户打到车的手机 App。”

李先生问：“我身边的人都自己开车，我们很少打车。这软件对我们有什么用？”

魏沉说：“嗯……暂时来说可能用处不大，不过如果哪天您不开车，比如，喝酒的时候，可以用我们的软件打车。”

李先生说：“我不开车的时候，一定会有人接送，用不着自己打车。小魏呀，我想，你要先考虑一下你的用户市场。像我们自己开车的，都是高消费群体。如果这部分人都不需要用你的东西，你将来怎么赚钱呢？”

魏沉说：“李先生，其实，没有自己的车，需要打车的用户，还是很多的，我们做过市场调查……”

李先生说：“好了小魏，我呢还有些事。以后你们如果真能做起来，需要天然气能源车，可以找我。今天先这样吧。”

说罢，李先生便起身离开。

魏沉忙起身目送李先生走出 3N 咖啡，赶紧让服务员收拾干净桌子，等下一位投资人的到来。

第二位投资人孙先生，以前在地产行业工作，后来和几个同行组建了投资公司，投过不少互联网类企业，比如在线房屋买卖平台“猪猪买房”。

孙先生坐下后，点了一杯美式咖啡，然后笑嘻嘻地问魏沉：“听说你要做出行，我很支持！很多年轻人，有一点儿钱就去买车，耽误了大好青春，眼看着房价飞涨。几年后，车子旧了，一堆破铜烂铁，可是房价涨了几倍，也买不起了。多可惜！先买车还是先买房这件事，我一定要跟年轻人说，先买房！你们做打车软件，解决年轻人的出行问题，我支持！”

魏沉听完孙总的开场白，心里五味杂陈。虽说一直没买车，不过之前攒的钱，这次也都拿出来创业用了。虽然老婆是支持的，但这么多年，在北京还让老婆跟自己一起租房，魏沉一直觉得过意不去。

魏沉正在僵硬地微笑，孙先生开始发问：“小魏，你房子买了吧？”

魏沉说：“正……打算买。再等等看。”

孙先生说：“可别等啊，这房子啊，要尽早买！不然这个月能买三环，下个月只能买五环了！”

魏沉说：“谢谢您的提醒，孙先生，您要不要先看看我们这个软件？您看，乘客通过这里下单……”

孙先生说：“小魏，你呢，不用给我看这个。我相信你们年轻人，互联网啊这些我们看不懂，但我支持你！等将来你们用户数上来了啊，我这里可以有一笔投资给你。那时候啊，我还可以拉些房地产开发商跟你们合作，在软件上卖房子什么的……”

魏沉眉头微皱：“可是孙先生，我们现在需要的是天使投资呀。”

孙先生说：“哈哈，你看我像天使吗？小魏啊，没有谁能做你的天使，只有房子。你啊，还是先买套房子，有个安稳的家，然后再考虑这些。你说说你，现在在北京连个房子都没有，你靠什么去养活这么多人呢？我不是不信任你，只是这初创的企业啊，太多了。每个人都想找我做天使，投个百八十万的，可最后几乎都打水漂了。我相信你做出行这件事，不过投资，毕竟是要讲求收益的。”

说完，孙先生拍拍魏沉的肩，走出了咖啡厅。

一整天，魏沉在 3N 咖啡见了 7 位不同背景的投资人。

对于 KK 打车，他们或不理解，或看好但担忧盈利模式。像魏沉一样等待天使投资的创业者在这个咖啡厅里至少有 10 个，投资人们像逛花街一样和他们简单对话，然后匆匆离开。

魏沉只好告诉自己，要以做销售的心态来见投资人，99 个不成，或许下一个能成呢？

第四回

许维打击魏沉
高文雪中送炭

许维

生于1979年，福建人，清华大学毕业。2005年开始创业，开创国内第一个在校大学生社区“校园网”。之后开发了比微博更早的个人信息发布系统“吃否网”，后因政策原因关闭。再后来，在2010年的“千团大战”中创立了优团网，逐渐成为团购网站中硕果仅存的10余家幸存者之一。

2012年6月的一个中午，徐星辰因为拿到了郭自立的天使投资，正在和董昭、胡伟等DK打车的团队成员聚餐庆贺。

而此时，北京的魏沉已经在优团网办公楼一楼大厅的沙发上坐了两个小时。原本和优团网CEO许维约好的10点会面，被许维一如既往的临时会议推迟了。

魏沉握着测试手机的手已经沾满了汗水，一楼大厅的自动门一开一关，魏沉早已默念了 100 遍将要和许维讲的话。

和之前其他行业的投资人不同，许维自己本身就是创业界的传奇人物，几次的创业项目都几乎成为独角兽。

“魏沉。”前台的一个姑娘叫道。

魏沉站起身来，揉了揉坐太久有点痛的屁股。

姑娘走上来：“许总开完会了，叫你上去。但是他说，你只有 10 分钟。”

“也好，10 分钟也好。”魏沉有点无奈地跟着姑娘走进电梯。

4 楼 CEO 办公室里，许维边吃盒饭边低头看手机。魏沉轻声走进去：“许总，您好。我是魏沉。”

许维继续低头看完最后一条信息，抬头看了眼魏沉，说：“坐吧。”

魏沉坐在许维对面的椅子上，拿出商业计划书以及两部测试手机，吞了口唾沫，准备开始介绍 KK 打车。

“许总您好，我是魏沉。以前 A 厂支付宝北京大区的销售负责人。现在自己创业，项目叫 KK 打车。KK 打车是通过手机客户端，连接司机和乘客。当乘客在手机下单时，司机会收到乘客的打车信息。可以在手机上接单，联系乘客，接送乘客。整个过程都是利用手机在线完成的。”

许维继续看着手机：“你继续说，我听着呢。”

魏沉说：“许总，您可以体验一下我们的测试机。这部是乘客端，这部是司机端。您看，我在乘客端这边下单，司机端这边就会……就会出现这条订单。我点一下……”

可能是网络问题，也可能是外包团队开发的软件实在质量堪忧，魏沉试了几次，司机端都无法正常接单。

许维听得没耐心了，拿起手机看了看 KK 打车的软件界面，点按了几下都没反应，把手机甩到魏沉面前。

“垃圾软件！”许维说完，头也不回地走出了办公室。

6 月底的北京，天气干燥炎热。下午 4 点，太阳沿着宽阔的东西向马路斜射过来，晒得魏沉本来就不大的眼睛眯成了一条缝。

北方夏天的太阳和南方不一样，南方是“晒”，北方是“烤”。南方的太阳可能因为空气湿度大，会被水汽折射掉不少锐气，照射到人身上软绵绵的。但这种湿热的天气很闷，像蒸桑拿。而在北方，干燥的空气为阳光留出了足够的弹道，让阳光可以毫无阻挡地射向面朝黄土背朝天的人们。

魏沉是个南方人，zh、ch、sh、z、c、s 不分的口音，以及耐心的性格，让他在这座曾经靠铁蹄建立的城市有点格格不入。

在多次的融资失败后，魏沉并没有丧失信心，他想到了前老板高文。

于是，魏沉马上将电话打给了高文。

讲完电话，魏沉挥手招了一辆出租车，前往首都机场。

第二天，高文和魏沉已经坐在了杭州西溪湿地的摇橹船上。

两岸芦苇摇曳，离开了入口处的人声鼎沸，周围渐渐安静下来。

高文说："需要多少钱？"

魏沉说："10万不嫌少，100万不嫌多。"

高文说："我自己的70万，你拿去。"说着将银行卡递给魏沉，"下面说说你的项目。"

于是魏沉在船上，用一小时向高文讲述了KK打车的逻辑、盈利模式和未来的预期规模。高文听着，点着头。此时的高文不是一个投资人，更像一个老领导聆听最信任的手下做工作汇报，或者更像是兄长对弟弟的关心。更准确地说，高文是在听年轻时的那个他自己在讲话，魏沉说话时的那种沉稳、坚定的性格，正是他年轻时本该拥有，却因为过早成为A厂的螺丝钉，而慢慢抛弃的。

而在魏沉看来，高文是这些年一直支持自己的兄长、挚友、知心人。高文毫不怀疑他做打车软件的动机和能力，并且提供给他的绝不仅仅是70万人民币，而是更多的指导和帮助。

这样的一位“投资人”，绝对比那些不看项目就甩出几千万的战略投资人更有价值，更值得陪伴。

小船在西溪湿地的河道中缓缓前行，前方绿油油的一片，看不清河道将往哪边转弯。

高文的70万元，加上魏沉自己的10万元存款，共80万元，成为KK打车的“天使投资”。

回到北京后，魏沉针对软件技术上的问题和外包团队进行了沟通，但是外包团队要同时开发十几款软件，能够针对KK打车

班忠

生于1982年，湖北人，武汉大学本科，中科院研究生。现在B厂做一个技术部门的负责人。

问题的修改时间极其有限。

魏沉打算创建自己的开发团队。

有朋友向魏沉推荐了 B 厂的班忠。

魏沉原本打算去上地软件园的 B 厂拜访班忠，但班忠说都是同事，不方便，于是来中关村见魏沉。

谈话在中关村 e 世界 9 楼的办公室里进行，魏沉搬走了自己座位旁边的一堆宣传资料，拿了一个凳子坐下，让班忠坐自己的椅子。

谢林拿来两罐可乐放在桌上。

“你……还喝这个？”班忠看着魏沉鼓起的肚子，委婉问道。

魏沉拉开拉环，直接灌了一口可乐。

“他才不在乎身材，这么多年一直喝这个，所以一直这么胖。”谢林在旁说道。

魏沉又喝了一口，说：“谢林，下去帮班忠买罐无糖的。”

班忠忙答：“不用了，有没有水？”

谢林拿了瓶水递给班忠。

魏沉看着班忠，开始对他说话：“班忠，我知道你的人生一直是被优秀伴随的。最好的大学，最好的研究院，最好的公司，最好的行业。你的技术无人能比，你是所有北京程序员羡慕的榜样。可是，技术的运用，不正是让人们的生活更美好吗？当然你所做的搜索技术，也在每天为上亿人提供着方便的服务，为他们提供知识和人生困惑的解答。可是这件事，已经成熟，已经在商业化以外不能给B厂人带来更多的兴奋，不是吗？而KK打车，我们想做的是一个13亿人的梦想，是曾经小时候看到电视里美国人有车时的羡慕，是90年代看到夏利、桑塔纳时的眼馋，是春运时挤在车站入口动弹不得时的渴望……衣食住行，互联网解决了人们的那么多基本需要，可是在北京，一个人想要在急需出租车的时候出门，寸步难行。技术，难道不该用来改变这个行业吗？”

在这个30多平方米的狭小空间内，魏沉开始向这位可能让孱弱的KK打车变得焕然一新的大人物表达他的需要和邀请。

他语气低沉而不失抑扬顿挫，时而出现的话题小高潮被他抿着嘴的坚毅表情增添了一种必胜的信念。

来自北京最大互联网公司的班忠，在这个自己从未想象过的工作环境中，从这个文科生的口中，竟然听出了一份久违的令他冲动的激情。

这激情像是他考上武汉大学前的紧张，像进中科院前的焦虑，像小时候吃一碗热干面时的渴望。

“可是，凭什么是KK打车，或者说，是我们，来改变这个行业？”班忠问。

魏沉说：“我不知道会不会是KK，会不会是我们，但一定会有人改变出行。但，我们不试试，怎么知道不是自己？”

班忠说：“那，如果失败了呢？”

魏沉说：“如果失败了，你回你的B厂继续当你的技术负责人，我回我的A厂继续当我的销售负责人，有何不可？”

两人都笑了，魏沉接着说：“其实，你是不怕失败的，对不对？虽然你没经历过失败，可是品尝一下这滋味，或许人生就完满了，不是吗？”

班忠说：“我是不会让自己轻易失败的！既然要做，就要做最好的！”

魏沉点点头。

班忠思考了几秒钟，问魏沉：“我能为KK打车做什么？”

“最好的技术，最合理的产品设计，最稳定的后台，让司机和乘客使用时不会出bug。”魏沉回答，“班忠，你来做KK打车的CTO（首席技术官）吧，我们一起改变世界，好不好？”

一周后，班忠从工作了5年的B厂辞职，加入KK打车，任职CTO。

此时，北京的YY招车、DY用车、KK打车，上海的蜜蜂用车，杭州的DK打车，都蓄势待发。

2012年夏天，这是历史上“打车大战”的开始，也是所有参与其中的人“拥抱变化”的开始。

他们的事业、人生，以及这个国家，全球出行的格局，或许都因为这些小人物的小梦想，在不经意间被彻底改变。

第五回

KK 招兵买马
京沪地推冲突

2012 年 9 月，全国的打车公司已有数十家，其中在北京市场争夺最激烈的是 YY 招车和 DY 用车。

YY 在北京的布局方式是拿下几个关键点——北京西站、北京南站、首都机场。在这几个地方的出租车等候区安排工作人员派发宣传资料，给司机安装软件。

由于之前送手机的方式成本太大，便改为安装软件送礼品——凡是安装软件的司机，送名片盒、U 形枕等礼品。另一方面，凡是使用 YY 接单的司机，每次都会获得 1 元到 5 元不等的奖励。每推荐一个新乘客，还能获得 10 元奖励。为了获得奖励，不少原本使用功能机的司机，都主动更换了智能手机，开始安装软件接活儿。

DY 用车，黄洲的战略是，关注企事业单位聚集的区域。主动和企事业单位洽谈合作事宜，推广企业用车。

黄洲手下有一批曾经从家电企业跟随他出来创业的大客户销售，对于企事业单位的需求十分了解，洽谈起来非常顺手。

面对 YY 的竞争压力，有不少手下建议黄洲，放开车辆审核的要求，让私家车、黑车也加入进来，但黄洲坚决不允许。

“做人要堂堂正正，做事也要清清白白。黑车就是黑车，我们绝对不用！”黄洲说。

KK 打车在班忠到来后第二个月上线了正式的 2.0 版本，界面焕然一新，以橙色作为主色调，一个大眼睛的出租车形象作为 logo。

谢林、任威在中关村以及上地软件园一带组织团队进行“地推”，派发传单，给司机和乘客安装 KK 打车 App。

在街头给乘客发传单效率还算高，可是想遇到一个出租车司机却不容易。于是，魏沉要求把司机推广的主阵地转移到西站、南站和首都机场。

KK 和 YY 的正面遭遇就不可避免了。

在西站出租车等候区，早已有10余个YY的人把守住进车口两边，一边给司机介绍软件，另一边打开副驾驶门，给司机拿赠品以及把带有YY logo的安全宣传贴纸贴在副驾驶位正前方。

其他人，则在跟其余来不及安装或已经安装软件的司机闲聊，告知YY打车的奖励政策等。

当任威第一次带着5个人来到西站时，看到的是全广场出租车几乎都贴满了YY的安全贴。两侧站着的YY地推人员不屑地看着他们，眼神里有两层意思——第一，你们来晚了；第二，我们的地盘，是你们随便来的吗？

任威团队看入口处已被YY的人把守，只能走到停车场里面，一个个司机去问，有没有安装KK打车。

有智能手机的司机，几乎都安装了YY招车，没有智能手机的，自然也没法安装，说等以后买了手机再说。

任威手下一人拿着KK的安全宣传贴纸，正要给一辆出租车去贴，YY招车的一个小伙子走过来不干了："哎！往哪儿贴呢！没看见已经有了吗？"

任威手下的小伙子也不甘示弱："有了怎么了？再贴一个不行啊！"

YY员工回应道："你动一下我的贴纸试试！"

任威手下一把撕下YY的贴纸扔在地下。YY几名员工一拥而上对任威手下推搡起来。司机见状，赶忙摇上窗户往前开去。

任威听到吵闹声，赶忙跑来，拉开双方，赔礼道歉。

他转身对手下说："我们出来是推广软件的，不是打架的。下次再遇到别人已经贴了的地方，我们就换个位置，可以贴后门。"

在克制的情绪下，任威带着手下人，在 YY 贴过的出租车后门贴 KK 的安全贴，在 YY 已经安装过软件的司机手机里，争取再多安装一个 KK 打车。

对司机来说，多一个软件，多一份奖励，何乐而不为。

另一边，谢林带着另一队来到机场，也遇到同样的情况。YY 已经占据了比较好的推广位置，并且司机对 YY 的认知度也较高。

谢林一边指挥销售们去向司机们"二次推广"，一边也派了几个人到机场出发层去向乘客推广，不过没多久就被保安赶了出来——机场里早不允许发小广告。上次默许发小广告，还是 10 年前携程、艺龙"免费办卡"时期。

被赶出回到出租车停车区，谢林开始和司机攀谈，了解他们的想法，跑出租的痛点是什么。

"人多的时候，几个人抢着上车，有几次都打起来了！没人的时候，在路上空转悠，没人坐车！"

“我在机场等两小时，结果上一乘客说到望京。这么近距离，你说我这不白等一下午吗！”

“有一次，晚上快收工了。我住东五环，结果可好，接一乘客要去门头沟——西五环外，开过去晚上12点了。回来一路没人奔东边去，我这空跑几十公里呢，亏死了！”

司机们向谢林抱怨，谢林记录着。回到公司，谢林将司机的反馈和魏沉等人进行分析，班忠根据谢林的反馈，对产品进行了改进。

随着使用人数的上升，魏沉需要更多的人来帮助自己。

他拉来了自己早期在A厂的同事，最佳销售阮海莉。

班忠也从B厂找来了前

阮海莉

一个娃娃脸的1979年女生，辽宁人，毕业于东北大学。之前在快消品行业厮杀多年，曾带领500人的销售团队，管理东北大区。

同事王洛。王洛虽然年轻，却在产品上有着非常好的直觉和审美。班忠请王洛来做产品总监，自己可以有更多时间专注于技术。

当北京 YY、DY、KK 各自排兵布阵打得火热时，江南的 DK 打车和蜜蜂用车却各自稳稳守着自己的城市。

董昭亲自带着胡伟等产品、运营同事，来到杭州萧山机场、杭州东站守候，推广安装 DK 打车，并向司机了解需求。有时在机场推广到太晚，就睡在出发层休息区的椅子上，第二天一早继续推广。

董昭的努力运营，加上徐星辰拉来的钱，让 DK 在杭州几乎没有敌手。DK 打车很快就获得了杭州不少司机和乘客的认知。

王洛

生于 1988 年，湖南人，毕业于中南大学，在 B 厂做产品经理。

而在上海，蜜蜂用车不仅在白领中获得了很好的口碑，也和不少企业合作，成为出差专用车辆。

白领们的 iPhone 4 里安装着蜜蜂用车，下班时在手机上点几下，车停在写字楼下，腔调十足。

Martin 并没有更进一步扩张的打算。对一个香港人来说，2400 万人口的上海，已然是一个 3 倍于香港的市场。

“香港本土的服务企业，能服务好 800 万香港人尚且可以衣食无忧，蜜蜂用车倘若在 2400 人口的上海站稳脚跟，何须担心生存？”

此时，同样觊觎上海市场的，还有 YY 和 DK。

焦伟文在北京取得了优势，便派运营总监杨辰丽带 10 个人来到上海，在虹桥火车站、虹桥飞机场对出租车进行推广。

同时有这一想法的还有董昭。董昭亲自带队来到上海，将杭州的方法也在虹桥火车站、机场用了起来，和 YY 撞了个正着。

董昭见 YY 已经占领了不少出租车司机的必经之路，便派人也在同样几个地方部署，发放 DK 打车的宣传资料，给司机安装软件。

杨辰丽虽是女性，却多年征战沙场，见有人来挖墙脚岂能忍，便让人上前阻挡 DK 的人抢夺自己的“客户”。

双方互相推搡，进而有两个人扭打起来，场面混乱，传单撒满了整整两条车道。

两旁等车的乘客惊愕，保安赶来将打斗人员制止，并将董昭和杨辰丽带到了车站派出所。

民警问：“来，说说你们是怎么回事？”

杨辰丽说：“我们先到的，他们抢我们生意。”

董昭说：“虹桥站你家开的？”

民警说：“你们都是干吗的？这儿本来就不让发传单知道吗？还抢着发传单打架，真有意思。查查他们是哪个单位的？”

另一位辅警说：“一个北京的，一个杭州的，都是做什么打车软件的公司。”

民警说：“我们上海不允许非上海牌照的车辆来经营。你们倒好，一个北京的，一个杭州的，来上海给出租车司机发传单、装软件。你知道上海出租车管理多严格吗？”

董昭说：“哎领导，我们这个是帮助老百姓打车的，给咱们城市发展做贡献的。”

杨辰丽说：“是啊，我们是正规公司，北京已经有几万个出租车司机用我们软件了。至于他们正规不正规我就不知道了……”

董昭说：“哎，我去！”

民警说：“好了！就这样，你们两家公司以后都不要来了。再见到你们来发传单，我们直接没收所有东西。好了，走吧！”

此时，蜜蜂用车的人也将此消息传到了 Martin 那边。

原来，蜜蜂用车早已在虹桥火车站乘客的进出站口租了展示台，来搭乘高铁和出站的乘客都会看到他们醒目的广告。

由于车辆主要来自车辆服务公司，徐英杰将重点人力安排在乘客多的地方，而不是司机多的地方，所以没有和 YY、KK 产生面对面的冲突。

然而 YY 和 KK 打架进派出所的事情，早被蜜蜂员工拍视频发给了徐英杰。徐英杰立马安排人撰写软文。

第二天，上海的论坛上出现了《北京、杭州黑车公司虹桥火车站打架，扰乱市场秩序》的文章，YY 和 DK 在上海的声誉一开始便受到质疑。

同时，由于民警的警告，董昭和杨辰丽各自撤回了杭州和北京。

上海，还是 Martin 的蜜蜂用车一家的天下。

第六回

创业不顾买房
YY 不屑投资

2012 年年底，杭州房价继续下跌。

年初，胡伟和方梅为了明年结婚，在西湖区买了一套 120 平方米的电梯新房。当时单价 2 万元，而如今同一小区新开盘的房子只要 15000 元一平方米。不少人去售楼处讨说法，沙盘也在上周末被砸了。

晚上回到家，方梅抱怨说：“看，当时说那小区不好，你偏要买。现在可好，不到一年少了 60 万！”

胡伟低头说：“我哪儿知道啊，这不为了结婚吗。”

方梅说：“你就是虚荣，谁说结婚就一定要买房了！我之前跟你租房不也好好的吗！”

胡伟说：“那可好，早知道不买了，继续租房！”

两人不欢而散。

董昭早在2008年，以8000元一平方米的价格在老城区买了一套90平方米的楼梯房，作为当时的婚房。

董昭在上海的几年都是租房，现在回到杭州，董昭妻子张清自然把房子布置一番。

晚上回到家，张清问董昭："听说了吗？最近房价都在下跌。不过还好咱们买得早，再跌，也不会跌到比咱当年买的还低。"

董昭说："那可不一定。一切皆有可能，说不定跌到一文不值。不过真跌成那样，也是买入的好机会！"

张清说："要真跌到比咱们买时还便宜，我可承受不住！"

董昭说："对了，最近你上班都挤公交车。要不，我们买辆车吧？我开车送你。"

张清说："算了吧，你在创业期，你自己不也每天骑自行车上班吗。这时候苦一点儿没关系，等你公司发展好了，咱们再买！到时，我要买吉普车！"

董昭说："那叫SUV！行，到时，咱们就买辆SUV！"

董昭说的"到时"并不是一个明确的时间点，这"到时"可能是A轮融资，可能是B轮融资，可能是上市，也可能是被别的大公司收购。

一个创业者在创业初期思考财富自由这件事，本身就是一个不可能有明确答案的问题。

和董昭、胡伟相比，魏沉的房子更在九霄云外。

毕业这么多年，在上海、杭州、北京都待过，可是至今，魏沉还没有一套属于自己的房子。他和妻子最早租在北三环学校附近的一个小区，后来越搬越远，从三环搬到了五环外。

但魏沉妻子江芝忆却从未抱怨过这件事。

魏沉和江芝忆结婚已经3年了，一直租房。

北京、上海这样的大城市有个好处，可以让一些没有房子的人相对没有心理负担地结婚，或者说可以让一些结婚的人可以理所当然地不买房。

江芝忆

1984年出生，四川人，成都理工大学毕业。早些年做销售，和魏沉在北京认识，后来转做行政。

倘若在成都、武汉、杭州，或者更小的城市比如绵阳、孝感、金华，一个男人要娶一个女人做妻子，没有房子基本上是很难想象的。

可是在北京、上海、深圳，由于年轻人们大多来自五湖四海，父母又在老家。倘若结婚，第一父母想管也只能最多电话里骂几句，第二父母也会理解——“毕竟是北京（上海、深圳）啊，房子贵啊，年轻人让他们慢慢努力吧！”

于是，看似残酷的一线城市，反而给了想结婚的年轻人一种如释重负的轻松感。

当然，魏沉也是想给江芝忆买个房子的。但父母是江西县城的普通老百姓，没法像很多来自大城市的同学一样，父母“咬咬牙努把力”帮忙凑出个首付买房。而自己做销售这些年，也基本上是月光一族。有了钱就请朋友同事吃吃喝喝，或者带江芝忆去旅行，没存下什么钱。好不容易存了 10 万元，也投入了 KK 打车的创业项目中。

江芝忆倒也潇洒，干脆不想买房的事。看着魏沉事业不断进步，现在又自己创业做了 CEO，她相信终有一天魏沉会买一套属于他们自己的房子。

2012 年 11 月，在高文的牵线下，KK 打车获得了来自扬子江资本的 A 轮融资 300 万美元。魏沉继续招兵买马，准备将业务延伸出北京。

YY 招车则由于在北京市场的优势地位，吸引了来自深圳 T 厂的投资人。

焦伟文在办公室接待了来自 T 厂负责投资的 Jerry。

Jerry 问焦伟文："目前 YY 在北京的市场占有率有多少？"

焦伟文说："大概 60%。"

Jerry 问："另外 40% 是谁？"

焦伟文说："DY 和 KK 各 20% 吧。"

Jerry 问："如果 T 厂这个时候投你们 A 轮，你怎么看？"

焦伟文说："那要看投资金额是多少，以及条件是什么了。"

Jerry 说："2000 万，占股 10%。"

焦伟文问："美元？"

Jerry 说："人民币。"

"哈。"焦伟文冷笑一声，"您知不知道现在有多少投资机构盯

Jerry

生于1970年，广东人，是 T 厂创始人 Pony 身边得力的助手。曾帮助 Pony 投资了不少后来成为著名企业的创业团队。

着我们？”

Jerry 说：“应该不少。”

焦伟文说：“那这样的金额，您觉得有诚意？”

Jerry 说：“T 厂的投资除了钱以外的部分，才是我们最大的诚意。”

焦伟文说：“钱才这么点儿，您让我怎么去关心以外的部分？”

Jerry 说：“伟文，你是不是太急了一点儿？T 厂能提供给你数以十亿计的社交用户，而且 YY 未来有可能获准接入我们的 QQ 或微信，这些都是金钱无法买来的。还有 T 厂投资矩阵下其他创业公司的资源，这些都是花钱买不来的。”

焦伟文说：“不好意思 Jerry，目前，我只能选择出价高的。失陪了。”

Jerry 对着焦伟文的背影摇摇头：“太老练的创业者，往往会输在自己的执拗上。”

不论如何，国内出行软件五强基本上已经确定。

YY 招车，覆盖范围包括北京、河北、山东、山西等华北地区省份。

DY 用车，覆盖范围包括北京、上海、成都、重庆、武汉等一、二线城市。

蜜蜂用车，覆盖范围虽然只有上海，但在上海的市场占有率遥遥领先。

DK 打车，覆盖范围浙江、上海、江苏等省市。

KK 打车，覆盖范围北京、天津。

其他各路出行软件，大多都是在一个城市小范围内推广，使用者寥寥。

由于五强的公司，三家在北京，一家在上海，一家在杭州。本着就近的原则，其产品目前覆盖范围大多也都离总部不远。而拥有两座一线城市广州和深圳的广东省，却一直被五家公司选择性忽略。

2013 年春节后，黄洲带着 DY 用车的核心团队回到家乡广东，准备打开广州、深圳的市场。

通过以往做电器行业的资源，黄洲带领的 DY 团队迅速和广州、深圳的不少企业建立了合作，将 DY 用车推广进了企业内部。

同时，在广州天河，深圳南山等年轻人聚集的地方，黄洲团队一改往日只在办公室里跑业务的方式，他们来到地铁站、公交车站，发放 DY 用车的传单，引导乘客下载和使用软件。

同时决定南下广州的还有DK打车。

董昭在和徐星辰商量后，决定从长三角往南进发，决心要先把中国经济第一大省广东拿下。

DK团队的人都没有在广东工作生活的经验，于是，经人介绍，董昭认识了同是河南老乡的简彰。

简彰对广州、深圳市场环境熟悉，也善于利用各种关系网，是DK广东负责人的理想人员。

简彰

生于1980年，河南大学毕业。毕业后在深圳IT公司工作过8年，写过代码也做过销售。两年前来到杭州创业，做一个有机农业项目，后因投资没跟上，只能勉强维持。

晚上下班后，董昭和简彰在杭州万塘路的一家烧烤店见面了。

握手后，董昭点了羊肉串，问简彰喝什么。简彰从包里拿出一瓶白酒："老家带来的，能行的话咱俩喝点儿？"

董昭见简彰也是个热情人，便直入主题：“老哥现在创业咋样？”

简章说：“勉强维持吧。关键是模式不太容易突破了。”

董昭问：“如果做不成，将来准备干啥？还回深圳不？”

简彰说：“当然得回，儿子前两年在香港出生，再过两年，得天天去香港上学，我得回去。”

董昭说：“其实，我们在做的事情，可能还真适合你。”

简彰说：“打车，我知道，这事儿有前途。只是你们在杭州，我估计我迟早得回深圳去。”

董昭说：“我们这就准备去深圳，老哥，加入我们吧！你来做我们的广东大区经理，咱们把 DK 打车推广到广州、深圳，甚至全广东，好不好？”

说罢，董昭倒满白酒，举杯敬简彰，一口喝下。

简彰也不含糊，一口干了。

一周后，简彰把杭州的有机农业项目彻底停掉了。

蔬菜变成了汽车，杭州变成了深圳。

简彰回到深圳，招兵买马，迅速组建了广州和深圳两个小团队，常常一天内往返两边，做“开战”前的各种准备。

另一边，黄洲觉得广东已稳妥，便留下一些销售运营在广州，自己返回北京。

却不知 DK 打车，将给他沉重的一击。

第七回

广东DK居上
北京YY垄断

广东的春天，气温二十几摄氏度，白天时穿短袖也十分凉快。

简彰带着地面运营团队在深圳做了一天的地推，晚上，来到白石洲的城中村的大排档，吃海鲜砂锅粥。

广东这地方的饮食文化，和江浙沪、北方，都不太一样。

在北京，好的馆子是讲要排场的。二环内，深宅大院，什么府，什么院，什么楼。好的馆子一定是高级的，一般人消费不起的。

在杭州，餐厅基本上都是视觉系的，外 × 家，新 × 鹿之类的，价格不贵，人均50元，但整体的装修风格非常有设计感。往往要排队至少半小时。味道，只能说不好不坏。

在岭南，“食在广东”可不是乱讲的。北方也好，江浙沪也好，不管格调多高、环境多好，比起广东的味道都要汗颜一番。

广东的美食从国宴到路边小吃，没有不精致不好吃的。

而正是因为广东饮食的“味道”过于出众，广东的餐厅环境通常非常不讲究。

最常见的茶餐厅，一条过道两边摆两排圆桌圆凳，墙上贴些应季食品的海报，便已经算是得体干净了。

而简彰带团队吃的潮汕砂锅粥，更是夜宵里最常见的——仓库一样的门面完全被打通，中间竖着几个支撑房子的柱子。白色的塑料圆桌，五颜六色的塑料椅子围一圈。大门敞开，里面外面都摆着圆桌，喜欢通风的食客会坐在门口。

整个空间白墙水泥地，毫无装修，甚至连个店招牌都没有。

上的菜用金属盘装，也不会刻意摆盘。

但一口下去，口水四溢。

这就是广东的饮食文化。

简彰虽是北方人，但在广东多年，早已适应广东人的饮食、消费习惯。

就像今晚和团队吃的砂锅粥，一大砂锅的粥，里面有新鲜的虾，只要98元。另外单点几个菜，一大盘菜心18元，一大盘鸡杂38元，一大盘炒米粉28元。这就是广东人喜欢的消费方式，而且是在深圳的市中心。

了解这一点十分重要，是因为广东的消费习惯和北京、江浙沪都是不同的。北京人要的是排场，上海人要的是腔调，杭州人要的是精致，到广东大家要的就是实惠。

北京满大街奥迪，上海满大街大奔，杭州满大街卡宴，广州满大街日本车。

“这就是广东人消费性格的特别之处。”简彰对同事们说，“那么，DY用车比的士更贵的价格，仅仅因为车子新一点、统一一点，你们觉得，广东人会为此买单吗？”

接下来的一个月，简彰带领团队，深入深圳IT公司聚集的南山区，华为所在的龙华坂田等高科技企业附近。每到中午吃饭时间，便在小饭馆门口给食客们发放DK打车的宣传页。晚上，来到各种砂锅粥、大排档，给食客们发传单、装软件。

在广州，他们每天只在下班高峰期推广，因为上班高峰期没有人会冒着迟到扣工资的风险停下来。而到了下班高峰期，简彰团队集中在体育西路、客村等最拥堵的几个排长队的站点外，给排了半天队却一动不动的白领们带来一个好消息——手机也能打车了。

不少人尝试后打到了车，兴奋地从队伍里跑了出来，引得其他排队的人也纷纷下载安装 DK 打车。

夜晚珠江边的露天啤酒屋，小街小巷的糖水铺，天河城的地下通道……简彰团队在最“土”、最市井的地方找到了打车的客户。

当黄洲反应过来时，为时已晚。

当黄洲再次飞到广州重新布阵时，DK 打车在广东省的用户使用占比已达到了 65%。

黄洲召集了每天朝九晚五去各大企业吹着空调、喝着茶谈合作的销售精英们开会。

“首先，责任在我。我误判了广东的市场，以及低估了对手的行动能力，导致我们失去了领先的位置。”黄洲坐在主席位，看着所有人说，“但是各位，这一个月，你们是以怎样的状态在推广我们的DY用车？以前我们卖冰箱、洗衣机，每家每户都需要，而且一用就是几年，甚至十几年。只要我们的电器质量好，消费者一定会有兴趣购买。而今天，互联网时代，你们还以为坐在办公室里就能把东西卖出去吗？”

黄洲接着说：“我们看看 DK 打车的那些年轻人，他们怎样推广？晒着太阳站在地铁站外面，向排队进地铁的人耐心介绍。下雨的时候，打着伞去餐厅、大排档推广。销售不是一件简单的事情，我们以前的日子过得太舒服了，导致我们认为，别人一定会买我们的产品。这是错的，没有人必须买我们的产品。我们必须靠自己争取客户！”

黄洲忽然感觉自己老了，自己的团队老了。很多道理虽然懂，可是做起来何尝简单？

他的团队里，都是那些当年和他一起在电器厂里奋斗过的“年轻人”。可是如今，他们已经人到中年，相比工作，他们更关心家庭、子女教育，关心粮食和蔬菜。

黄洲透过窗户望向楼下，穿着 DK 打车工作服的年轻人发完一张传单后迅速向下一个路人靠拢，不厌其烦地介绍着 DK 打车。

这完全是两个世界的人在竞争。

倘若黄洲认为自己的团队太老了、太陈旧了，这些当年跟他拼杀家电界的老员工“不行了”，那么第一个该换掉的，是不是他自己呢？

他不敢想，也不忍心换掉任何一个人。

“散会吧。”

北京，首都机场。虽然被 YY 的推广人员从人数和效率上都有所压制，但谢林带领的 KK 同事们，还是在努力不放过任何一个经过的出租车司机和乘客。

正和司机攀谈间，有人跑来告诉谢林："停车场保安开始阻止他们做推广了，但是 YY 那帮人没事。"

谢林望过去，不远处 YY 的工作人员继续在给新来的司机发传单、装软件，而 KK 打车的工作人员却被保安赶着往他这边走来。

谢林赶忙上前询问保安："师傅，怎么回事？之前不还好好的吗？"

保安回答说："那是之前，现在啊，上面有要求，不让你们在这儿摆摊推广了，说影响治安。"

谢林问："那 YY 他们家怎么都还在那儿啊？"

保安冷笑道："人家通过审批了呗。"说完指着出口向谢林说，"赶紧，带着你们的东西，回去吧。要再不走啊，这些东西可都得没收了。"

谢林给魏沉打电话报告机场的情况。魏沉得到消息后，通过相关人员了解到，YY 已经和机场达成排他性协议，只允许 YY 招车一家在机场进行推广运营。

魏沉回电话给谢林："既然如此，先回来吧。"

回到中关村e世界的办公室，谢林和几个同事都有点儿垂头丧气。推广了两个月，虽然不能说有什么优势，但是效果也是明显，不少司机安装了KK打车。尤其在机场，司机们希望多接远距离的单子，而打车软件可以把乘客目的地显示在手机上，由司机挑选，对司机而言十分方便。

但YY招车的排他性协议，彻底阻止了KK打车在机场推广的可能。

魏沉见谢林有些垂头丧气，在旁边坐下，拍拍他的肩膀说："这两个月辛苦了，回来休息一段时间也好。"

谢林说："失去了机场这个重要的点，接下来推广司机难度要加大了。"

魏沉说："1949年之前，我党都没有管理过几个大城市，但这影响毛主席10月1日在北京天安门广场阅兵了吗？胜败乃兵家常事，不要在意丢一个首都机场的事。我们的目标不仅是北京，而是全国！"

谢林看到魏沉胖胖的脸上又浮现出那种必胜的神态来，就像在A厂时，魏沉给他们团队取名为"君临天下"时的那种霸气。

这个胖子喝着可乐，坐下来衬衫的扣子快被凸起的肚皮崩掉。但这不影响他谈论梦想时的那种魅力。

同事们聚拢过来，魏沉接着说："各位，当年我党拿下全中国，靠的是什么？是武器先进？是人多势众？都不是，国民党的美式装备比我们先进，部队人数比我们多。我党的胜利，靠的是价值观！”

有的同事刚从机场回来，听到“价值观”三个字有点儿蒙，小声问旁边的人：“他说啥观？”

魏沉接着说：“所谓三观——世界观，人生观，价值观。什么是世界观？这个世界是什么样子的，地球是圆的还是方的？这是个美丽的世界，还是个丑陋的世界？这个是世界观。什么是人生观？我为什么活着？我的人生目标是什么？是能天天喝一瓶可乐，是天天有汉堡吃，还是改变世界，为全人类创造福祉？价值观是什么？价值观就是粽子是甜的好还是咸的好？”

说完后，大家哈哈大笑。

南方的同事说：“粽子当然是咸的。”

北方人说：“粽子当然是甜的，咸粽子我看见就想吐。”

魏沉说：“看，小李说，我就要吃甜粽子，我和咸粽子势不两立！这就是价值观！”

魏沉喝了口可乐，接着说：“那么，KK 的价值观是什么？”

这时，大家都安静下来，看着魏沉，等待他的回答。

“让出行更美好——我们在为这样的价值努力，并且这样的价值，一定会变成现实！”

2013 年 3 月的北京，充满着雾霾和汽车尾气的空气中，夹杂着理想的味道。

一群饥肠辘辘还没有吃晚饭的年轻人，在一个胖子口中的“价值观胜利”的感召下，决定去撸串喝啤酒，来告别他们刚刚还挂满脸上的焦虑，去拥抱新的一天。

第八回

魏沉南下求援
班忠化解突袭

北京机场的推广权被 YY 招车的排他性条约独占后，魏沉一直在思考新的方法。四大一线城市北京、上海、广州、深圳，其中两个在广东省。而眼看着 DK 打车和 DY 用车已经进入广东，KK 打车还未在广东派驻一兵一卒。

离开北京机场后的一周，魏沉让班忠驻守总部，而他亲自带领 20 人前往广东开疆拓土。

其中任威带 5 人在广州开城，谢林带 5 人在深圳开城，其他人两人一组，去开拓广东省其他城市，并在当地招募推广人员。

魏沉主要在广州、深圳两边往返指挥作战。同时，在高文和扬子江资本的帮助下，魏沉获得了机会去深圳会见

T 厂负责投资的 Jerry。

Jerry 上次在北京见焦伟文，希望投资 YY 招车，但焦伟文觉得钱太少，拒绝了 T 厂的投资。

这一次，同样是出行行业的创业公司主动找上门来，并且是小有名气的 KK 打车，Jerry 还是有所期待的。

Jerry 和魏沉约在深圳湾公园旁边的会所见面，海湾对面就是香港元朗。

魏沉早已在会所的沙发上等候 Jerry，穿着他平时并不习惯的西装，打着领带，穿着皮鞋。Jerry 进门后，魏沉起身向 Jerry 走来，双手紧握 Jerry 布满皱纹的、曾握手过无数成功和失败创业者的手。魏沉是如此渴望资本的帮助，但他更期待一个志同道合的成功者、引领者，协助他一起追求共同的价值理念。

Jerry 先发问："魏沉，为什么创业？"

魏沉说："A 厂重新定义了购物，T 厂重新定义了沟通，我们希望重新定义出行。"

Jerry 说："口气不小，知道 T 厂做了多少年吗？"

魏沉说："T 厂从 1998 年做 BP 机通信开始，到现在已经 15 年了。T 厂是我们敬重的老大哥、前辈，是我们努力的方向和榜样。但是，我相信 KK 也会成为像 T 厂一样伟大的公司。我们希望为中国人的美好出行做一点改变。”

Jerry 问：“为什么这件事只有 KK 能做？”

魏沉说：“或许一开始，并不是只有 KK 能做。直到现在，我们依旧有很多强大的竞争对手，有的甚至比我们强很多。但是，出行事业，是一次万里长征。越走到后面，敌人就越不重要。我们要做的事业并不是简单地看谁的车多，比谁的司机多、谁的人多，而要看谁的价值观最终能为大众带来美好的生活，为这个世界带来更美好的未来。从这一点上来说，即使今天只有 KK 一家出行 App，全部敌人都不在了，我依然认为，最终的胜利不一定属于我们。我们只有战胜了自己的心魔，最终达成了那个我们期待的价值，才叫胜利。所以，您问我这件事是不是只有 KK 能做，我要说，不是只有 KK 能做。但是，我们在努力用心去做好它，努力去成为像 T 厂一样的伟大的企业，努力去实现那些正确的价值。”

窗外，是深圳湾的海域，对面是香港元朗。几十年前，面前的海域比现在要大得多。那时的南山半岛比现在瘦，深圳大学门口就是海。但几十年来深圳一直填海造陆，如今南山半岛已经羽翼丰满，并且成为深圳新的中心。而对面的元朗，从以前大陆人想游泳过去“逃难”的“资本主义城市”，到现在和深圳一侧高楼大厦对比下的“荒凉乡下”，可谓三十年河东三十年河西。

在 Jerry 眼中，面前这个穿着并不得体西装的胖胖的年轻人，就像是 30 年前的深圳，处在世界最发达的城市旁边，出身卑微，却带着一种勇猛和聪敏。像南山半岛一样，将一块块土石填入海中，变成陆地。然后一座座高楼大厦拔地而起。

由于 KK 进入广东的时间比 DK 晚了两个月，推广相对被动。很多已经使用了 DK 的用户，对再安装一个打车软件的兴趣并不大。

谢林、任威带队再次以同样的方式来到 DK 经常推广的城中村、大排档，还在几次推广时遇到了 DK 的人，场面有些尴尬。

而深入广东其他城市的小组却收获颇丰。

在佛山、中山、东莞、肇庆等离广深不远的三线城市，由于 DK 之前的推广基本上是有活动时来推广一波，活动结束就撤回广州深圳，所以用户黏性并不强。

魏沉让谢、任二人只各自留两人守广深二城，其余人进入其他广东三线城市推广。谢林、任威则在这些三线城市之间奔走指挥。

于是在广东，出现了一线城市和二线城市两个不同的用户市场。一线城市广州深圳，DK 占据着主导位置，市场份额依旧超过一半以上。而在佛山、中山、东莞、肇庆、汕头、潮州、江门、茂名等城市，越来越多的普通老百姓知道了 KK 打车。

正当魏沉在广东的三线城市开疆拓土，准备“农村包围城市”时。在大本营北京，KK 的服务器经历了一场 12 小时的紧急大抢修。

3 月底的一个周五晚上，正是用车高峰期。可是很多 KK 的用户发现，KK 软件无法登录，甚至不断重启。

在北京总部驻守的班忠赶忙派人排查原因，发现是服务器受到了严重的攻击，不少数据丢失，而且攻击还未停止。

班忠召集了还在公司的，以及已经下班的技术部员工当晚 9 点前全部回到公司，开始了紧急修复工作。

客服那边的投诉电话已经打个不停了。

“你们行不行？不行我用 YY 招车得了。早知道就不下载你们软件了。”

“我上次那个代金券还没用呢，怎么就不能用了？你们不会倒闭了吧？”

“我就问一句，什么时候能用？”

班忠带领团队连夜维护系统。魏沉那边早已接到了班忠的消息，但是身在广东鞭长莫及，只能把希望寄托在班忠身上。

早晨 6：30 班忠打来电话给魏沉："搞定了。"

一夜未睡，喝掉 3 瓶可乐的魏沉长舒一口气："这次事故的原因是什么？"

班忠疲惫地说："被人攻击。是谁，我们还不清楚。不过我们已经重新加强了服务器的防护，以后这种事情不会再发生了。"

魏沉说："辛苦大家了，赶紧回去睡吧。"

班忠说："今天我还要带一组人继续排查漏洞，我叫其他人先回去了。"

后来有人打听到，那次服务器的攻击，来自 YY。

经过一夜的折腾，KK 虽不能说元气大伤，但在原有的用户中，却有一部分投往了 YY，以及其他几家打车软件。

而近半个月在广东拿下的三线城市，也被 DK 盯上，简彰已经派人来到这些城市，开始了 DK 的地面推广。

同一时间，在南北两个战场，魏沉都遇到了前所未有的压力。

正在这时，高文的电话打来了。

高文兴奋地说："魏沉！明天上午所有事情都取消，Pony要见你！"

Pony戴一副金边眼镜，身材偏瘦，温文尔雅。平时鲜少在媒体露面的Pony常常参与到T厂的各种产品的研发和革新中。

网上流传着Pony喜欢半夜回复邮件的段子，可见Pony的工作狂本性。

早在第一次Jerry见焦伟文时，Pony就嘱咐Jerry，要找到一家从事出行的有前景的创业公司，T厂参与并扶持，帮助其在出行领域成为中国的独角兽。

不久前Jerry和魏沉对话后，向Pony讲述了魏沉以及KK打车的理想、价值观，以及目前业务的发展情况。Pony很欣赏魏

Pony

T厂的创始人，生于1973年，广东人，毕业于深圳大学。Pony和A厂的创始人Jack、B厂的创始人Robin一起，常常被人并称为中国互联网界的三位大佬。

沉这个年轻人，于是约魏沉来他的办公室，并给了魏沉两个小时的交流时间。

Pony 的办公室位于深南大道上 T 厂总部最高一层，能直接俯瞰 Pony 的母校深圳大学。

两人在办公室的沙发上坐下，Pony 是潮汕人，亲自给魏沉泡了一杯工夫茶，魏沉双手接过。

Pony 对魏沉说："魏沉，我简单点问你，你们现在最需要 T 厂提供什么帮助？"

魏沉说："Pony，不瞒您，最重要的肯定是钱。因为有了钱，我们可以有更多的人，把 KK 打车推广到全中国。这件事情，有钱不一定行，但没钱肯定不行。"

Pony 说："需要多少？"

魏沉说："目前来看，需要 1500 万美元。有了这些钱，我们能把业务推广到中国的一半以上省份。"

Pony 说："好，钱没有问题。还需要什么？"

魏沉接着说："T 厂让中国人之间能沟通、通信的基因，我们想学习，希望 T 厂可以帮助我们加强和乘客、司机的沟通，如果能通过 T 厂的平台帮助 KK 打车推广给更多的国人，让大家使用，那就更棒了。"

Pony 说："可以考虑把 KK 接入我们的软件。这一点，还要和相关负责人，尤其是和 Allen 商量一下。但是我认为希望还是很大的。”

魏沉说：“谢谢您，Pony。”

互联网三巨头BAT，尤其以A厂和T厂最强，一山二虎，难免以对方为假想敌。魏沉出自A厂的栽培，如今被T厂投资，既惊喜，又有些不安，担心老东家觉得自己“忘恩负义”。

但事实上，在之前，高文帮助魏沉已经多次和A厂的投资部沟通，但对于KK打车，A厂一直没有抛出橄榄枝。无奈之下，高文才帮助魏沉联系了T厂的Jerry。

Pony说：“听人说啊，当你急需钱的时候，借你钱的那个人，往往是你最意想不到的那一个。当然，咱们这不是借钱，是投资，是一起合作。”

魏沉听到也觉得有理，自己从A厂出来，没想到最终帮助自己的却是T厂。

魏沉说：“Pony，对您来讲，KK能为您带来什么呢？”

Pony说：“投资分两种，一种是财务型投资，要有即时的利益回报；还有一种，是战略性投资。比如T厂对很多中小企业的投资，其实是布局我们在大的闭环中的缺失环节。而出行是很重要的一环。”

魏沉说：“那么，您对KK的控制权，要求有多少？”

Pony 笑了笑，给魏沉添上茶："我相信你，你有对 KK 完全的指挥权，我们只会在背后挺你、支持你。另外，预计不久的将来，在移动支付的领域，我们会和 A 厂有一场硬仗。届时，既是 KK 获得更大倍数用户的机会，也是 T 厂最需要 KK 的帮助，来实现移动支付的时候。现在，只管按照你的计划干就好，我相信你！"

2013 年 4 月，KK 打车获得 T 厂领投的 B 轮融资，总金额 1800 万美元。

第九回

DK 联手 A 厂
董昭喜获大将

2013 年 4 月，当魏沉正在深圳和 T 厂谈 B 轮融资的时候，徐星辰和董昭也把 A 轮融资的期望放在了同在杭州的 A 厂身上。

通过天使投资人郭自立的介绍，4 月初的一天早上，徐星辰和董昭来到了 A 厂，来和创始人 Jack 的搭档 Joe 见面。

徐星辰带着星巴克的咖啡和三明治，提前一小时先到了。董昭由于停自行车的问题和保安发生争执，比徐星辰迟了几分钟赶到。手里提着三个包子一杯豆浆，两人提前到达 Joe 办公室外面，确定时间还早就拿出早餐吃了起来。

“董昭，接下来这段时间，我可能要去弄一个新项目。你就暂时要做兼职 CEO 了。”徐星辰喝了一口咖啡，对董昭说道。

董昭一时没反应过来，有点惊讶："啥情况，我管运营还行，可是你CEO是要考虑融资什么的，你走了我一个人怎么忙得过来？"

徐星辰说："哎，别担心。我找到一个人，下个月就来接任CEO，到时介绍给你认识。"

董昭刚在想自己当CEO的事儿，忽然听到星辰讲又来了一个CEO，差点儿一口豆浆喷出来，只好说："好的。"

徐星辰吃完三明治，董昭吃完包子，两人把窗户打开散了会儿味道。半小时后，Joe笑眯眯地来到他们面前。

徐星辰准备了很多关于DK打车的前世今生的资料，但Joe只是微笑着听他讲，似乎并没有什么疑虑。

谈到需要的融资金额时，徐星辰试探性地说"最好有700万美元以上"，Joe马上回答："1000万！"

徐星辰和董昭都难以相信，喜笑颜开。

Joe问他们："开心吗？"

"当然开心！"两人齐声说。

Joe说："开心就好，以后，我们要长久合作。"

简单的谈判，就拿到了融资。DK团队得知之后又惊又喜。几乎是在KK公布B轮融资1800万美元的同时，DK

公布了 A 轮的 1000 万美元融资，由 A 厂领投。

其实早在 2012 年 11 月，郭自立就曾引荐从美国回来的 Terry 给徐星辰认识。

Terry 早年学的是理工科，在得州做过编程，后来到硅谷做过技术主管，也加入过创业公司。2012 年看到美国的 UB 打车做得风生水起，便想回到中国做打车软件。这想法和投资人郭自立一聊，郭自立自然想到了自己投资的 DK 打车项目，把 Terry 介绍给了徐星辰。

Terry 虽然是东北人，但作为一个理工男，而且出国多年，讲话朴实无华。而徐星辰一说起 DK 打车充满着感染力，给 Terry 描述了出行行业的未来，还热情邀请 Terry 加入。

徐星辰说："我请您来做

Terry
生于 1970 年，黑龙江人，美国得州大学毕业。

CEO，也就是我现在的职位，这对 DK 来说再合适不过了。”

郭自立急忙向 Terry 解释：“徐星辰还有好多其他创业项目要关注，时间分配不开。目前 DK 打车主要由董昭管理运营，星辰自己虽然是 CEO，但一直在找一位更专业的 CEO 来替代他。”

Terry 想了一会儿，刚准备接话，又被徐星辰抢去发言权：“Terry，有一点你不用担心。如果你做 CEO，那么你的股份一定是除了我以外最多的。”说着，徐星辰在白板上画了起来。“目前我的股份占 51%，其他部分除了投资机构占有的少量比例，暂时还未分配。那么你来了后，我至少给你……”徐星辰在白板的圆上面切了一份蛋糕出来，“我至少给你 20% 的股份。”

Terry 没想到徐星辰如此没有防备心，竟然直接答应给自己如此丰厚的股份，虽然需要自己出一笔钱购买，但这笔钱相比 DK 目前的发展以及出行行业在中国的前途，简直太值了。

Terry 在回到美国办妥各种手续后，在 2013 年 5 月，时隔十几年后回到祖国，举家搬到杭州。

徐星辰向董昭和陈望介绍了 Terry，并在一个周末，四人悄悄来到没有人的办公室商讨股权分配事宜。

徐星辰说："以前呢，我个人的股份是占 51% 的。现在，既然我不当 CEO，以后由 Terry 全权负责，那么 Terry 的股份，是 21%。董昭、陈望，一起创业的兄弟，你们的股份分别是 17%、13%。我自己也削减股份，只保留 25%，其余部分，属于投资机构，以及未分配的股权。"

话音未落，徐星辰房间门外一人推门而入："那我的股份呢？"

大家扭头看去，原来是产品经理胡伟。

胡伟周末来公司看看电影玩玩游戏，意外听到四人在讨论股权分配之事。虽然知道自己的职位并没有那么重要，但还是抱着一试的心态，半开玩笑地问徐星辰："怎么说我也是 DK 打车的第一个产品经理呀，能不能也给我分点儿？"

徐星辰的决断力是一流的，思考了半分钟，叫胡伟也坐下："给你 0.5%，别声张，不然我收回！"

胡伟虽然对 0.5% 的股权是多少没有概念，但能够跟几位公司高层同样享有公司的股权，还是欣然答应了。

于是，DK 核心管理团队确定，CEO Terry，负责公司战略以及融资，同时监督产品技术方向；董昭，任 COO，负责公司整体运营，以及市场公关；陈望，任技术 VP，管理技术、产品团队，向 Terry 汇报。胡伟依旧做产品经理。

Terry 做了 CEO 后，除了产品技术以外各种事务几乎都要和董昭商量。董昭也认识到自己虽然是 COO，但在公司内部的实际职责要比 CEO 更大，不可能再每开一个城市都亲自去督战。

董昭想到一个适合做 DK 打车“三军统帅”的人物——郭发。

作为郭发的老乡和曾经的下级，董昭去请郭发，既是优势，也是劣势。

郭发性格刚烈，管理销售团队极其严格，言出必行，手下执行力极高。但为人刚愎自用，好面子。

这次董昭要请郭发来做管理全国区域运营的 VP，并向董昭汇报，郭发是有些不服气的。

“董昭这小子当年刚来

郭发

生于1973年，河南人，河南大学毕业。从基层销售做起，后进入外企带领销售团队数十年，曾经在 JS 是比董昭高几个级别的销售总监。

JS，就是一个学生，骑着自行车到处卖卫生巾。老子带领全国销售团队，他连跟老子说话的机会都没有。今天让我向他汇报，还真是小人得志。”郭发和左膀右臂朱松抱怨道。

朱松说：“虽说这小子是幸运得志了，不过这行业的确还不错，值得考虑一下。”

郭发说：“嗯，要不是看在这行业的分上，理他干啥。”

几天后，郭发回洛阳老家，董昭听闻，也坐飞机回到洛阳，和郭发在一家胡辣汤店里见面。

董昭说：“老郭，多年不见，还是这么精神。”

郭发说：“哼，你小子，厉害了啊。”

董昭说：“老郭，这个行业真的值得考虑一下。以前咱们卖卫生巾、洗发水，这些都过时了，

朱松

生于1978年，河南人。中专毕业后做销售若干年，一直跟着郭发，后成为郭发的副手。

中国人人家里都用，但是销量已经没有增长了。可是出行行业不一样，你看洛阳，除了出租车和黑车，大家没别的选择，只能站街边打车。如果用了 DK，司机直接把车开到你家门口，多方便。”

郭发说：“你小子让我过来，可以，但是我的条件是，全国大区都由我来安排。以前在 JS 我的手下我会一起带来，你不准指派。行不行？”

董昭说：“行，老郭，你带的人我也放心。只是有三个区，能不能我来推荐三个人？”

郭发问：“哪三个？”

董昭说：“第一个，北京天津大区，我想用以前咱们 JS 的同事，钱峰。第二个，西南大区，我想用来自 JS 的同事，朱温良 。第三个，广

钱峰

生于1980年，四川人，毕业于四川大学，硕士。管理 DK 北京天津大区。

东大区，我想用 JS 的同事，金家昌。他们都是有名校背景以及外企经验的管理人才，接受你的管理，同时向我虚线汇报。”

郭发说：“这些人，好像都是你当年的管培生同学。”

董昭说：“没错。老郭，就拜托你了。如果他们做得不好，我会换掉他们，并换上你的人。但现在，除了这三个区域，其他地区都由你来选人布局，可以吗？”

朱温良

生于 1983 年，云南人，毕业于中山大学。管理 DK 西南大区（包括四川、重庆、云南、西藏）。

郭发最终答应了董昭的条件，愿意来 DK 担任运营 VP。而董昭也迅速找来了三位当年在 JS 一起卖快消品的同学钱峰、朱温良、金家昌。简彰在金家昌来了后，管理权缩小到深圳，成为深圳城市经理。

金家昌

生于 1983 年，广东人，毕业于中山大学。接替简彰，管理 DK 广东以及海南大区。

除了这三位直接向董昭汇报

的大区经理外，其他大区经理均向郭发汇报，负责人如下。

邱湘，生于1981年，湖南人。管理DK中南大区（包括湖北、湖南、广西、贵州）。

蒋丹，生于1982年，陕西人。管理DK西北大区（包括陕西、甘肃、宁夏、内蒙古、青海、新疆）。

杨明，生于1982年，辽宁人。管理DK东北大区（包括辽宁、吉林、黑龙江）。

冯健，生于1983年，福建人。管理DK东南大区（包括福建、江西）。

付学军，生于1983年，浙江人。管理DK华东大区（包括浙江、上海、江苏、安徽）。

华北地区（包括山西、山东、河南）由郭发的副手朱松直接管理。

各路诸侯分封完毕，目前DK在融资上已经比KK晚了一轮。但有了美国回来的Terry继续寻求资本，以及三军总帅郭发加入，如虎添翼。DK团队越发有信心可以拿下全国。

“北伐”一触即发。

第十回

司机助力 DK 北京联手抗敌

2013 年夏，杭州的出租车司机中出现了一个“微信车队”。

此车队由出租老司机叶坚创立，通过微信群召集了杭州上百名出租车司机。

叶坚创立的车队名叫 V 车队，每个人都使用统一头像，并且以加入的先后顺序排列各自的服务号。叶坚是 V 车队 1 号司机。

V 车队除了各自在马路上做招手停的乘客生意，更重要的是做老客生意。叶坚给司机们统一

叶坚

生于1978年，杭州人，中专学历，开出租车 12 年。

印发了名片，只要扫描上面的二维码就能加司机的微信。

当乘客下次有远距离的出行需求，比如去机场，V车队的司机在自己没空的情况下，可以把这一单需求发到V车队微信群里，群里的司机们第一个“抢单”的就可以获得这一单。

V车队更像是一个线下版的打车软件。

汪华

1979年出生，在东北长大的杭州人。初中肄业后做过酒吧服务员、KTV服务员，后来进入公交公司，开了14年公交车。离职后开始跑出租。

有人把V车队的运营模式告诉了董昭，董昭十分感兴趣。

董昭邀请叶坚以及几位V车队的核心司机来到DK打车办公室，希望司机们可以通过自己的影响力，使用并推广DK打车软件。

“董经理，我们现在微信群里的单子也不少了，用你们的软件，有什么好处？”提问的是坐在后排的出租司机汪华。

董昭看着这位坐在后排的高高瘦瘦的司机，说：“现在大家的业务靠的是老客户，打一次你的车，加你微信，下次他出行再找你。但是用了我们 DK 打车，你们每天都有新的用户，新的机场订单，源源不断。我们希望的是双赢，也就是各位通过你们的影响力，让更多的司机用 DK，也让更多的乘客下载使用 DK。而我们，会优先把机场单一类的好订单推送给各位。”

叶坚说：“那么董经理，我们原有的用户，使用你们 DK 打车之后，会不会放弃使用我们 V 车队的微信平台叫车呢？”

董昭说：“叶队长，你们有你们的优势，你们好的服务，你们建立的稳固的乘客关系。相信你们的服务保持高水准，一定会有更多的用户愿意单独找你们的。DK 只是提供一个更大的平台，给每个司机更多订单，也给每个乘客更多选择。要不先试一试，一个月，看看用 DK 你们是赚的是多了还是少了。”

晚上，董昭请 8 位司机代表吃了饭。回去时，每位司机都带着一大袋的 DK 打车宣传资料。

与此同时，郭发也在杭州总部召开了全国地推动员大会。

各大区经理以及城市经理均到场。

郭发说：“在座不少兄弟姐妹，和我一起打拼十来年了。当年我们卖饮料，从无人知道的品牌，卖到山沟沟里都在喝我们的仿冒品。后来卖化妆品、洗面奶，你去看年轻人多的地方，健身房、游泳池，都在用我们的产品。今天，我们要卖的不是一个看得见摸得着的产品，而是要把打车出行的理念推广出去，把 DK 打车的品牌推广出去。让司机们愿意装我们的软件，让乘客们愿意在屋里用咱们的软件打好车再下楼。”

郭发接着说：“接下来几个月，我希望各大区进入战斗状态。目前 DK 打车覆盖区域还仅仅是在南方几个省，我们的目标是要把全国都拿下。有没有信心？”

“有！”响亮的回答声震耳欲聋。

在接下来的一个月里，郭发指挥全国各大区，开始了风风火火的“圈地运动”。

在西南，朱温良带领新组建的大区运营团队，拿下了四川和重庆的大部分地区，以及云南昆明。

西北，蒋丹以西安为核心，拿下了 15 个城市。

东北，杨明拿下了 9 个核心城市。

中南，邱湘拿下了湖南、湖北、贵州、广西的核心城市 16 个。

其他各大区，也保持着自己原有的优势，继续增加着开城的数量和用户数。

在北京，由于被 YY 卡死了机场推广的“独家权”，KK 一直无法再次回到机场。

DK 的北京天津大区经理钱峰上任后，也了解到北京机场推广的困难。于是，钱峰找到 KK 的谢林，建议一起起草一份给机场管理方的官方信件，请求获得和 YY 一样的公平竞争权利。

同时，在和 YY 共同竞争的北京西站、南站等区域，钱峰要求 DK 的地推人员和 KK 的人保持协作，相互帮助，客观上造成 YY 的孤立。

于是在火车站的出租车司机休息区，经常可以同时见到 DK 和 KK 的工作人员一个给司机装软件，另一个给司机讲使用方法。不到一分钟，两个软件全部装好，而手机架等小礼品只需要送一份。

在钱峰和谢林的不断推进下，DK 和 KK 在北京的携手推广工作进行得十分顺利。

逐渐地，首都机场也放松了对 DK 和 KK 的推广限制。

有一天，钱峰收到谢林的微信，说魏沉想请钱峰吃饭。地点定在人大附近的涮羊肉。

大热天，魏沉吃得满头大汗。钱峰天生瘦，吃得也不多。牛羊肉吃得少，青菜吃得多。

魏沉夹起两片羊肉，蘸着麻酱吃下去，擦擦嘴对钱峰说："多谢这些天的支持配合，帮我们一起打开了火车站和机场的局面。"

钱峰的管培生经验，以及外企背景，让他更像一个职业经理人，专业得体。钱峰说："大家都是为了突破困局，突破 YY 的垄断。共赢的合作是最好的。"

魏沉擦擦汗，笑嘻嘻地问钱峰："那，要是有一天 YY 被打跑了呢？你会怎么做？"

钱峰："继续战斗，直到董昭宣布战争结束的那一天。"

魏沉说："或许，我们会真正并肩作战。"

钱峰说："今天不就是吗？"

魏沉说："不，等 YY 走了，我们一样得打仗。但我期望的是，我们真正能够一起去做一件更伟大的事情，比北京的市场要大 100 倍。钱峰，我很佩服你，希望有这样一天！"

钱峰笑而不答，喝了口茶。

真正让 YY 吃不消的，除了 DK 和 KK 的联手，还有他们的巨额补贴。

比 YY 更快拿到融资的 KK 和 DK，开始了新的补贴模式——只要介绍一名新乘客，司机将获得 5 元奖励，上不封顶。一时间，京城的出租车司机都开始向乘客推介 DK 打车和 KK 打车——反正有两份奖励，不赚白不赚。

北京市政府也约谈了 YY、KK、DK 和 DY 几家主要的网约车公司。由于 KK 和 DK 的充分准备，尤其是钱峰和魏沉的精彩发言，让政府对两家公司的积极态度有了充分认知。而 YY 的焦伟文以一贯的冷淡态度面对政府的邀请，只派了杨辰丽来参加会议，也让自己陷入了与政府合作的被动局面。

上海的蜜蜂用车也没闲着，Martin 派徐英杰前往北京 DY 总部。

徐英杰假扮车辆管理公司的负责人，参加了 DY 为期一周的培训，成功偷师学习了 DY 的自我主导车辆管理的模式，以及运营规则。

回到上海后，徐英杰将 DY 的一整套管理体系和运营方法，在蜜蜂用车的管理上进行了使用，蜜蜂用车的运营效率提高了很多。

DY后知后觉，在培训后发现联系不到徐英杰代表的上海这家用车管理公司，回去一查，资料全部是假的。

之后一个月，DY的不少合作用车管理公司，都开始在上海和蜜蜂用车展开合作。

黄洲手下的人去上海打听才知道，之前谎称一家上海的用车公司负责人的徐英杰，正是蜜蜂用车的运营总监。徐英杰不仅带走了DY的管理方法，还留下了共同参会的不少车辆管理公司负责人的联系方式，开始了和他们的合作。

在接下来的几个月，YY随着资金上出现的问题，渐渐不能支撑补贴，在全国市场上被KK和DK不断取代领先地位。

而DY的合作商不少纷纷投靠蜜蜂用车，而由于蜜蜂用车在上海的垄断地位，DY无法进入上海的商务车市场。全国其他一、二线城市的规模也不断萎缩。

2013年秋天。

KK打车的办公地点搬离了中关村e世界，来到了上地软件园的得实大厦，把5楼的办公区一半租了下来。

DK在杭州的办公室也搬到了徐星辰公司旁边的网新大厦8楼。

蜜蜂用车也从原本上海财富大厦写字楼的一间，扩大到现在的22楼整层。

来自投资者的资金，来自各路英豪的支持，让 KK 和 DK 从原本想分一杯羹的小弟，变成了傲视 YY、DY 和蜜蜂的翅膀变硬的对手。

互联网的故事中从来都没有永久的王者。

董昭把自行车在二手网站上卖掉了，买了一辆丰田汉兰达。

开着新车，董昭带妻子张清去西湖边的山上兜风。

在龙井山一个个的转弯处，董昭不减速，甚至玩出了漂移，吓得张清抓紧了门上的扶手。

董昭说："真没想到我们公司能走到这一步。将来，我们会开更好的车，买更好的房子！"

张清说："你还是开慢点儿吧，我晕。"

月光下，董昭的脸显得比两年前回到杭州找徐星辰时要自信了很多，眼神里充满野心。

魏沉在北京租了一个大一点儿，离公司更近的房子，继续着远没有结束的战斗。

每个人，从不同的起点，走向一个看似共同的目标。

每个人，也终究因为他们内心的不同，会走向不同的结局。

第十一回

司机围城DK
汪华解围加入

2013年12月，KK打车和DK打车几乎同时上线了“在线支付”功能。用KK打车的乘客可以通过“微信支付”来完成付款，DK可以通过“支付宝”付款。

在DK打车方面，和移动支付同时到来的，是司机和乘客的双重补贴——每次打车，乘客都可以少付5元，而用App接单的司机会多收入5元。

这样DK就需要在每次的打车交易中，付出10元的补贴费用。

“舍不得孩子套不着狼。”这样的运营策略持续了10天，全国的用户量迅速上升。不少媒体也报道了用DK打车便宜5元的消息，引得更多人下载使用。

一周后，KK 也推出了同样的运营策略，司机乘客各得5 元。

使用打车软件的司机乘客都喜笑颜开。可是，那些没有智能手机，或者年龄比较大不会使用软件的司机却遇到了麻烦。

以往都在路边挥手打车的乘客，现在低着头看手机，直接在手机上叫好出租车，站在路边等对应的车开到自己面前。

没有软件的司机空跑的时间更多了。几天下来一算账，收入少了 1/3。

部分司机，马上买了智能手机，让别人帮着装软件，也加入了“薅羊毛”的行列。

但少数司机，不舍得买智能手机，或者实在不想尝试这种“新科技”，面对减少的收入，只能私下里抱怨。

在杭州，这样抱怨的出租车司机越来越多。其中 100 多人，在一个工作日的上午，全部来到了 DK 打车总部楼下，把公司包围了。

这一天，Terry 在北京见投资人，董昭去广东了解当地运营状况，于是派负责华东的大区经理付学军出面来和司机对话。

保安在公司办公区里面已经把门关紧，司机们把公司外面的走廊站得水泄不通。付学军从门缝里挤出来，和司机们对话。司机们看到 DK 的“领导”来了，纷纷往前挤，七嘴八舌地抱怨 DK 带给他们的损失。

付学军发现一个人的嗓门儿根本说不过上百人，又让里面的人递来个扩音喇叭，站在门口对司机们喊话：“司机师傅们，我理解大家的心情。其实我们 DK 打车，也是为了大家好，为了提高大家的收入……”

话音未落，几个司机呛声道：“我们以前一个月 5000 元，现在半个月，才赚了 1500 元，人都让你们抢去了，我们吃什么！”

付学军说：“我们希望大家也都加入 DK 打车，一起多赚钱！”

“我们不会用啊！买手机你出钱吗？”一个司机说。

付学军面对 100 多号司机，除了道歉，无法说服司机离开。

有人问付学军要不要报警，付学军说让打电话问董昭。

董昭在广东接起电话，对打电话的人大骂一通。

“你让付学军接电话！”董昭说。

付学军跟司机示意要接个电话，钻进门里。接起电话，董昭接着骂道：“傻啊，报警了还想不想在杭州干了？本来是楼里面的事儿，一报警全城都知道了。”

付学军额头冒汗：“那你说怎么办？司机们不走啊！”

董昭说："你想办法！如果搞不定，华东大区经理你不要做了！"说罢挂掉电话。

付学军无奈，又硬着头皮走出大门，迎面而来的又是司机们的数落和责备。

正在这时，一位穿着出租车司机制服的中年人喊了一声："付经理。"

付学军抬头一看，是微信车队的汪华。

"付经理，要不我和兄弟们说几句？"汪华说。

汪华转过身，对着走廊里的出租司机们说："兄弟们，我是西湖出租公司的驾驶员汪华，今天想和大家聊两句。我跑出租一年多了，跑出租以前我是干啥的呢？我是开公交车的，开了 14 年了。14 路车，从武林小广场到汽车南站，每天 4 个半来回，风雨无阻。一个月 3000 多块，虽然不多，但是稳定啊。家里人觉得，我有这份稳定的工作，虽然和大富大贵没啥关系，但也算是衣食无忧。衣服，天天穿着公交司机的制服，吃，公司有盒饭，衣食无忧。可是，为啥我去年辞了职开出租呢？开出租自由啊，没客人的时候，我想往哪儿开，就往哪儿开。想早点儿下班回家，把"空车"换成"暂停"就行了，多自由啊！而且赚得比开公交多，一个月好的时候能七八千。生意不好了，4000 来块也是有的。自由的味道真好，有选择的感觉真好。”

汪华看看周围的司机们，继续说：“后来，有了DK打车，我安装了软件，DK送了我一个手机架，现在还在我车上。DK给我的工作生活带来了很大的改变，首先，以前要靠扫街才能接到的活儿，现在熄了火在路边听单，也能接到活儿。其次，对不同的单子，我可以自主选择了。以前，你快下班了，要回城西，上来一个乘客要去城东。你说不方便吧，人家投诉你。现在你可以在软件里直接选你想要的方向的订单，更方便了。最后一个，我的收入，真的是更多了。为啥？一个是机场订单之类的单子，我可以在软件里抢到，再一个，每接一单，DK奖励我5块钱。一个月下来，光是奖励就两三千元，收入提高了。”

这时有司机在下面嘀咕：“你收入是提高了，可是我们不用软件的收入还减少了呢！”

汪华笑笑，接着说：“老哥，我正想说的就是这点。难道你和我，一定是对立的关系吗？我赚得多，您就一定赚得少吗？不见得。改变，我们需要改变！我以前是开公交车的，开了14年，不一样把大方向盘换成小方向盘，能坐几十人的大轿车变成小轿车？改变容易吗？不容易，刚离开公交公司的那些天，我特别失落，觉得失去了铁饭碗，没有固定路线，没有盒饭，没有固定工资。万一赚不到钱，养活不了我老婆女儿怎么办？可是一周后我就知道自己想多了，开出租，比我开公交车要自由，要赚得多。很多改变，是需要第一次尝试的。兄弟们，我和你们大多数一样，也是外地人。我从小在东北长大，16 岁不上学了，跟我爸到杭州，做 KTV 服务员，天天给人端茶递水。可是那时的我是快乐的，我来到一个更现代化的城市，更好的地方。我要努力，奋斗，娶老婆，我要过更好的生活。一转眼20 年了，现在我也快 40 了，可是，改变的心，我还是有的。很多改变，是你没法预知，也没法阻止的。天要下雨，你得打伞。国企改革，你要下岗。咱们这些来杭州开出租的外地人，不就是不怕改变的人吗？我们没有留在老家，留在山沟里吃山空，而是用自己的努力开车，赚钱。咱们就是最懂得改变的人呀！今天，有的老哥不熟悉软件，有的有困难，买不起新手机。我认为，这都不是问题，努把力，兄弟姐妹帮个忙，我相信你一定能适应这个新的时代！”

汪华转向付学军：“付经理，我这些兄弟，确实很多人对高科技的设备玩不转。开了几十年车，没接触过这些，这不怪他们。我们装了软件的，尽量多帮助他们熟悉软件。也麻烦你们，给这些师傅多关照，让他们也尽快熟悉咱们的新的打车方式。您看好不好？”

付学军点点头，对司机们说：“师傅们，DK 打车保证帮助每一个师傅都学会用我们的软件。如果您家庭实在有困难，的确买不起智能手机的，您留下联系方式，我们帮大家一起想办法。”

走廊里的气氛缓和了不少，汪华接着说：“大家今天大半天在这边，也辛苦了。但是咱们生意还要做，钱还得赚。这样，有智能手机，但不会用的兄弟，让付经理派几位工作人员，加上我，一起帮大家安装和学习。其他人，留在这里登记你们的手机情况。好不好？”

“好，汪师傅讲得好！”不少人陆陆续续回应，并渐渐退去。

一场危机，被一个出租车司机解决了。

最终，DK 决定对这次事件中家庭条件困难，无法换智能手机的司机，进行免费的以旧换新。让这次参与事件的几乎所有司机都用上了 DK 打车。

董昭回到杭州后，单独邀请汪华来公司，对他的帮助表达感谢，并邀请汪华加入 DK 打车。

汪华答应加入 DK，董昭任命他为杭州城市经理，向付学军汇报。

而微信车队的司机们知道汪华“跳槽”到 DK，表示不满，并把汪华踢出了他们的微信群。

随着 DK 司机人数的增加，原本针对微信车队的优待政策也渐渐消失。

微信车队和 DK 打车渐行渐远，司机们只作为个体，继续使用 DK 打车接单。

汪华通过高情商和执行力，成为跳出出租司机群体的一条“鲤鱼”；也带着浓重的底层气息，成为 DK 打车运营团队一名接地气的基层管理者。

第十二回

伟文欲挖丁超
魏沉三顾茅庐

KK 和 DK 的全国补贴，让 YY 的用户增长率和活跃度都大大下降。深秋的北京，已经非常寒冷。之前在西站、机场推广的 YY 运营人员，少了之前的嚣张，更多的是无奈。

司机们大多会选择 KK 和 DK 的展台去了解情况，注册，拿礼品，毕竟有补贴。大多不了解情况的会到 YY 这边来问一下，马上再走到 KK 或 DK 那边去。

焦伟文去过几次现场，气不打一处来，转身就回公司了。

杨辰丽见焦伟文连续几天无精打采，一副要完蛋的样子，上前去跟他说："伟文，别这样啊。创业嘛，有顺利的时候，也有困难的时候。我们努力去做，最后结果如果真的是不行，那也认了。"

焦伟文看着杨辰丽，无精打采地说：“现在这样，KK有T厂支持，DK有A厂支持，你说我们还有戏吗？”

杨辰丽说：“事在人为。我这儿还真有一个人要推荐给你！”

焦伟文忽然打起精神：“谁？”

“丁超。”

丁超比徐星辰高两届。早年在浙大读书时，就在校内外倒卖东西赚了不少钱。

丁超从创业风格到个人形象，相比徐星辰，都要“接地气”很多。平头，皮肤黑，肚子有点挺。

但做事情，丁超雷厉风行，逻辑严密。

丁超毕业后跟人合伙创业做过几个项目，都是赚钱的。

最近半年，丁超一直在家里待着，据说他在憋一个“大项目”。

丁超

生于1983年，浙江人。浙江大学毕业，当年和徐星辰一起，被称作浙大四大创业明星之一。

焦伟文通过杨辰丽的关系，终于约到了丁超吃饭。

焦伟文请丁超去“老莫”吃饭。

“老莫”是莫斯科餐厅的简称，看过《阳光灿烂的日子》的人都知道，老莫是北京当年大名鼎鼎的西餐厅。

位于北京展览馆旁边，俄式的气派建筑，大石柱，有着精致雕刻的高高的屋顶，以及很不北京的优雅的服务。当然，买单的时候就会发现，一切都是有代价的。除了昂贵的并不怎么好吃的菜品，还有与西方接轨的小费——这也是服务员殷勤的原因之一。

晚上7点，焦伟文在老莫门口的大台阶旁边见到了丁超。

“丁超，久仰大名！”焦伟文好久没有这样客气对别人了，还有点儿不习惯。

丁超呵呵一笑，跟着焦伟文一起进了餐厅。

闷罐牛肉、奶油烤杂拌儿、鹅肝沙拉、大牛排……焦伟文拣贵的点，丁超也不客气，上菜后狼吞虎咽，刀叉用得叮当响，惹得隔壁桌频频回首。

之前都在寒暄，直到丁超酒足饭饱，焦伟文开始打听：“听说最近在准备个大项目，是什么方便透露下吗？”

丁超拿又大又硬的餐巾纸擦擦嘴，对焦伟文说：“你们做打车的，照理说不该和你讲，因为咱们属于相互竞争的关系。”

焦文伟有点儿着急：“丁兄，我其实也早想请你来公司，一起共创打车大业！在你跟我谈你的想法之前，我先表态，如果你愿意来 YY，除了我以外，你可以做最大股东！公司 COO 你来做，你的事儿，我绝不多管。不管你做什么，我都人力财力支持你，咱们一起把它做大，你看行不？”

丁超没想到焦伟文如此豪气，喝了口格瓦斯，对焦伟文说：“你们做的是出租车，而我想，怎么样把私家车调动起来。也就是我们日常说的，搭个顺风车。”

焦伟文握着丁超皮糙肉厚的大手：“太好了！来我这儿，一起把这顺风车做起来！”

丁超毕竟是从大学开始就身经百战，什么人没见过。他不确定焦伟文到底是被 KK 和 DK 逼到绝路，真的给他提供如此优厚的条件，还是先吹个大牛把他忽悠来再说。

总之离开老莫，上了出租车时，丁超并没有答应给他关车门的焦伟文的要求，只说“再想想”。

自从上次和 DK 合作，重新回到了机场后，魏沉渐渐意识到，原本来自 YY 的威胁已经越来越小，而在全国，来自 DK 的威胁却在逐渐加大。

DK 和 KK 一样，在拿到融资后迅速扩张了疆域，和 KK 重合的部分逐渐增加。

郭发在地推方面的经验，让 DK 的各个区域有着军队一样的统一纪律。

而 KK 目前各大区，还是各自大区经理负责，谢林和任威监督，没有一个真正的“总司令”。

正当魏沉为此事发愁时，高文向魏沉推荐了一个人。

高文在电话那头说：“这个人，当年在学校时创业就很厉害，开店，卖东西，在我们早期 A 厂的人看来，也是很有魄力和想法的。后来参加过一些创业大赛，我当时做评委，见到他提出的项目很有创意，思路也很好。但有个问题，就是人比较没谱儿，需要有人管着，不然做事情比较容易走极端。”

魏沉说：“这样一个人，你觉得对 KK 目前有用？”

高文说：“他之前刚做了一个项目，和电商相关的，线上线下都要做的。他统管全国，用比竞争对手少一半的运营费用，最终还是赢得了更大的市场份额。这个人，非常聪明。但是，因为和合伙人没处好关系，最终离开自己干了。所以我说他人聪明，但为人处世需要有人帮着他。这一点，你可以。”

魏沉说：“你是说，他可以做 KK 的全国运营总负责人？”

高文说：“没错，他绝对有这个能力，并且能给你意想不到的点子。最关键一点，是我听说他最近在打算做一个顺风车项目，也就是用私家车做我们现在做的事。私家车的数量可是出租车的上百倍。如果他做成了，对 KK 本身也是一个竞争和威胁。何况我听人说，焦伟文已经在找他了。所以，你要抓紧时间。”

魏沉沉默了一下，问：“他叫什么名字？”

“丁超。”

丁超住在北京三里屯附近的一个公寓，周围吃喝玩乐一应俱全，对于他这样暂时的自由职业者来说，非常方便。

魏沉上午申请加丁超微信，没收到回复。打电话，关机。

魏沉通过高文的熟人，打听到了丁超住的地方，带着谢林、任威直接打车到楼下。

到了单元门口，任威准备上前按门铃，被魏沉叫住：“丁超喜欢喝酒，熬夜。估计昨晚喝大了，还没醒呢。”

“那我们就在这儿干等着？”谢林问。

“嗯，等他睡醒。我们这么赶过来，是为了避免被焦伟文捷足先登，请了他去。既然已经到了楼下，就让他先睡够吧。”

40 分钟后，丁超通过了魏沉的好友申请。

“丁先生您好，我是 KK 打车的魏沉。请问您今天有空吗？有事想和您商量下。”魏沉发信息过去。

10 分钟，没有回应。忽然单元门开了，丁超和一个漂亮的姑娘走了出来，正遇到在门口等待的魏沉等三人。

丁超吓了一跳，魏沉赶忙上前道歉：“抱歉啊丁先生，因为上午打您电话一直没开机，我心里着急，所以就来这儿找您。有点儿冒昧在您楼下，吓您一跳。”

丁超长嘘一口气说：“我睡得比较晚，所以一上午没开机。有什么事吗？”

魏沉说：“看样子您刚好要出去，要不我迟些再来找您，不打扰您办事。”

丁超看看魏沉身边两个人，似乎等得有些不耐烦了。丁超低头看了下手机上的时间，对魏沉说：“要不这样，今晚在三里屯我约了人吃饭，你一起来？”

魏沉说：“好，看您方便。”

于是两人约好时间地点，在丁超家楼下告别。

晚上 7 点，三里屯东街一家火锅店，魏沉带着谢林、任威已经到门口等候。

忽然魏沉收到丁超的微信：“不好意思，今晚吃饭的人里，有焦伟文，可能不太方便，要不下次？”

魏沉叹口气，接着回复：“没关系的丁先生，那你们先吃。今晚吃完饭后有没有安排？能否到时喝一杯聊聊？”

丁超回了两个字："再说。"

于是，早早来到火锅店门口的魏沉三人，来到隔壁的成都小吃，点了几个小菜吃了起来。

"这人也太不给面子了！"谢林说，"求他借钱似的！"

"是啊，这样的人，天天睡到下午起床，你让他来干活儿，能靠谱吗？"任威气哄哄地喝了杯饮料——因为晚上还要做好和丁超见面的准备，魏沉不准他们喝酒，怕误事。

晚上 10 点，还坐在成都小吃等待的魏沉，收到了丁超的信息："我在 Mix 喝酒，要不要来？"

"马上就来！"魏沉回复完，叫起两人，出门直奔工体北门。

Mix 夜店内灯光昏暗，音乐震耳欲聋。丁超在一个卡座里，和几位朋友觥筹交错，见到魏沉他们三个进来了，招呼他们坐下。

"来，给魏沉兄弟们倒上！"丁超在旁边的女孩耳边吼——在这夜店里，不用吼的是听不到的。

女孩倒了三个半杯的洋酒，丁超在魏沉耳边吼："加雪碧还是苏打水？"

魏沉端起杯子，没有加饮料，直接一口闷了下去。

40 度的威士忌，半杯下去，魏沉一阵眩晕。

“牛！”丁超拍手道，“再给我个杯子！”推开自己兑了苏打水的洋酒，也倒了半杯纯的，一口闷下。

周围人为二位的酒量鼓掌。谢林和任威也端起杯子：“丁先生，敬您！”说罢也各自一口闷下半杯威士忌。

第十三回

丁超加入KK
大战一触即发

在Mix酒吧的一晚，奠定了丁超对魏沉信任的基础。

第二天下午1点，丁超来到了魏沉办公室。

魏沉脸色有点白，显然昨晚喝吐过。丁超则一改往常的邋遢打扮，休闲西装外面套了件黑色风衣。

“丁超，坐。”通过昨晚的充分熟悉，魏沉一改之前客套的“先生”称呼，请丁超坐在沙发上。

“抱歉啊，昨晚把你喝吐了。”丁超作为天天喝酒的选手，脸色依旧正常。

“舍命陪君子！以前只听说了丁超你的才华，昨晚也算是见识到了你的为人。爽快！”魏沉说。

“嗐，我这天天喝的，没啥。只是没想到魏沉你也能喝那么多，真不简单。”丁超说。

“丁超，来KK好不好？或许会暂时告别天天喝酒吃肉的生活，但以后，会有喝不完的酒，吃不完的肉！”魏沉开始进入正题。

“酒肉，只是生活的佐料，做更大的事业，才是我们这样人的梦想。”丁超说。

“那么，一起做出行，把KK做大，称霸全国，甚至全世界，好不好？”魏沉说。

“如果告诉你，焦伟文在你之前也找过我呢？”丁超说。

“我相信，你会有理性的判断。KK在走上坡路，而YY已经在末路了。KK更得投资人的心、政府的心、用户的心，而YY在不少方面，是与人为敌的状态。敌人越多，事情越难做成，何况这些敌人本来是可以帮助他们的。”魏沉说。

“那如果，我本身就想做你的竞争对手呢？”丁超说。

“我听说了，你的想法是做顺风车，非常棒！这是将来互联网出行很重要的一环。但是，要做顺风车，需要一系列的基础——资金投入、用户数量、政策支持，等等。这些支持，KK可以帮助你一起争取。而如果今天你要单打独斗做顺风车，会面临比我们做出租车要大得多的风险和困难。起码在政策这一关，可能就会有问题。”魏沉说。

丁超点点头，听魏沉接着讲。

“目前，我们已经在全国的竞争中成为少数的幸存者之一，而且背后有 T 厂给我们的投资以及帮助。但是在最终的决胜战役中，我缺少一位有勇有谋的将军，能够带领全国的地面部队突破 DK 的围剿，最终走向胜利。这个人，我觉得没有人比你更合适。”魏沉说。

丁超思考了半分钟，站起身，握着魏沉的手说：“我愿意来，我相信兄弟你的为人。如果以后我有做得鲁莽的地方，还请你多担待。”

魏沉苍白的脸上露出太阳似的笑容：“不怕，有什么事，我们一起承担！”

丁超加入 KK，担任运营 VP。

12 月的北京，已经非常寒冷。当魏沉暂时沉浸在喜获大将的兴奋中时，董昭已经亲自带队悄悄潜入了 KK 的大本营北京。

董昭穿着羽绒服，和钱峰一起在上下班高峰期来到国贸、中关村等人流量大的站点观察，规划了接下来两周的推广计划。

“既然我们人力有限，那么，就要把有限的信息，推广给最具有传播力的人群，让他们再帮我们推广！”董昭对钱峰说，“朋友圈、微博里的意见领袖最集中的区域有哪些？”

钱峰想了想说:“国贸、复兴门是外企、金融白领聚集地，中关村、上地、望京是科技公司集中的地方，这些人最有可能传播，而二环内的国企事业单位，这些人的微博、朋友圈内容相对受限制，传播的可能性不强。”

回到位于新中关大厦的北京办公室，董昭马上打电话和总部运营商量，希望将北京一地的补贴金额提高到 6 元每单。

第二天上午 8 点，钱峰把手下北京天津大区的所有人都投入北京各个重要地铁口的推广中。“DK 打车，打车减 6 元！转发赠送 20 元代金券！”的广告铺天盖地，中关村、上地、国贸、大望路、复兴门……所有“朋友圈意见领袖”可能集中的地铁口都被 DK 的工作人员覆盖。“转发有奖”让不少人在地铁上就开始扫码转发。

半天时间，用 DK 打车减 6 元的消息已经传遍全城。

魏沉当然也看到了消息，他和丁超商量过之后，决定“跟”！

做宣传页已经来不及了，只能通过手机短信推送、App 推送、微信转发等，效果比起 DK 的线上线下同时发布弱了不少。

魏沉一夜未离开公司，市场、公关、设计、运营、产品、技术都没有回去。为了应付这场 DK 来到门口的“挑衅”，他们只能应战。

晚上 11 点，最后一条推送的内容编辑好了，设置了明早 8 点的推送。

魏沉低头看表，刚好 23 点 47 分。

0 点开始，所有使用 KK 和 DK 的北京乘客和出租车司机，均有每单 6 元的补贴。

早上 8 点，街边招手拦车的人少了，看着手机等车的人多了。

一些没使用打车 App 的人，看到空车不停一阵抱怨。

司机们比以往要忙碌了很多，一单没结束，下一单就在手机上响起：“奖励 6 元！距离您 500 米，从定福庄到中国大饭店。”

董昭昨晚倒是睡得不错，提早把任务布置下去，早晨一起来，看到软件里的“奖励 6 元”信息，就放心了。

钱峰没怎么睡，早晨 5 点多爬起来继续组织线下的推广，趁热打铁把前一天发传单的几个地铁口再进行一次推广。

当晚看数据，DK 在当天北京市的使用人数是 7 万人

（次），KK 方面查到自己的数据是 5 万人（次），显然这次 DK 的偷袭起到了一定作用。

董昭第二天飞回杭州，制定新的全国运营策略。

魏沉也马上召开会议，针对这次被偷袭的经验教训进行总结。

打车大战一触即发。

2013 年 12 月的最后一周，像即将告别旧时代一样，人们打包好了行李，准备搭乘前往未来时空的挪亚方舟。

带着过去一两年对移动互联网的懵懂认知，伴随着微博、微信带来的信息洪流，生活在中国这片大地上的人们，已经做好了迎接一个新时代到来的准备。

而这种变化，往往是被动的，就在一瞬间。

跨年的钟声敲响，DK 打响了第一枪。

2014 年 1 月 1 日 0 点起，全国范围的乘客，通过 DK 打车叫车成功，可以在支付时免去 7 元，司机也可以多获得 7 元。

上午 10 点，KK 做出回应——全国范围，乘客通过 KK 打车叫车成功，支付时免去 8 元，司机也可以多获得 8 元收入。

1 月 2 日上午 9 点，DK 再次加码——乘客司机的优惠金额提高到 9 元。

下午 3 点，KK 把优惠金额提高到 10 元。

1 月 3 日上午 9 点，DK 再次调整规则，乘客每次打车可免去 11 元，司机依旧获得 10 元。

下午 2 点，KK 把乘客奖励提高到 12 元，司机依旧获得 10 元。

1 月 4 日，DK 把乘客奖励提高到 13 元。

下午，KK 没有反应。

第二天，KK 依旧没有反应。

第三天下午 3 点，KK 推出了全新的运营策略——每次打车，司机依旧是获得 10 元奖励，而乘客将获得 12 元到 20 元不等的奖励，奖励金额的多少在支付时揭晓。一次打车的行为，变成了抽奖游戏，获得了不少用户的欢迎。

事实上，通过多次测试，很多人会发现，KK 的“抽奖策略”，大部分人最终奖励的金额都是 12 元，至于 20 元，可能是万分之一的概率了。

但是，很多刚开始用软件打车的用户，依旧愿意优先去体验存在“奖励 20 元”可能性的 KK 打车。

双方的补贴金额，最终也固定在 DK13 元、KK12—20 元的数字上。

《打车不花钱》《两家公司，请全国人民打车！》《司机一天多赚 500 元！白领一周打车没花钱！》等新闻也层出不穷。

广播里、电视上，关于“免费打车”的新闻占据了众多版面。

而“薅羊毛”迅速被大家玩出了各种花样。因为每人每天的优惠奖励只有两次，有的人打一次车，用支付宝扫码支付一次车费，再用微信支付一次车费。如果车费在 12 元以下，不仅不花钱，司机还会找钱给乘客。

这种玩法，让两家公司每天的补贴费用都在不断增加，100 万元、200 万元……不断上涨。

而乘客也渐渐忘记了 YY 招车、DY 用车和蜜蜂用车，说到打车软件，似乎只剩下 KK 和 DK 两家。

一周后，KK 宣布了 1 亿美元的 C 轮融资，由 T 厂领投。3 天后，DK 宣布了由 A 厂领投的 B 轮 1 亿美元融资。

烧钱的战争还在继续。

第十四回

打车大战洗牌 只剩双雄之争

2014年年初，KK和DK在新年伊始共同上演了让后人记忆犹新的“打车大战”。

这是中国移动互联网第一次站在全国人民的聚光灯下。

后来的“移动支付普及中国”、中国“新四大发明”、“中国互联网弯道超车”等，都是在这次“打车大战”之后的事情。

台风来的时候，站在台风眼中心的人是什么感觉呢?

打车大战进行得如火如荼。

DK方面，CEO Terry每天奔走于北京、上海、深圳、香港，不断和投资人见面，为下一轮融资做准备。

郭发坐镇郑州，统率全国地推部队，把新的任务布置给各大区经理，再由大区经理布置给城市经理，再由城市经理带领每个城市多则十几人，少则两三人，去开疆拓土。

董昭则留在杭州，每天一早来到公司，在数据上了解全国的运营情况。

在打车大战期间，双方的人员都迅速增加。

KK 从 80 人增加到了 220 人，北京上地得实大厦 5 楼的另一半也逐渐变成了 KK 的办公区。

DK 则从 50 人迅速增加到 200 人，从杭州网新大厦，搬到了万塘路文三路口的华星科技大厦 9 楼，租下了 9 楼的一大半区域。

说到华星科技大厦 9 楼，上一任租客是大名鼎鼎的 A 厂。这里是 A 厂创始人 Jack 在 15 年前租用的第一个正规办公室。

有一部纪录片叫《扬子江大鳄》，可以看到里面有 Jack 于 2000 年年初在华星科技大厦 9 楼创业时的峥嵘岁月。

事实上 Jack 早已经搬到了 A 厂自己的园区办公，而华星 9 楼一直是 A 厂一些边缘部门的办公场所。

如今这里的主人是 DK 打车，而当年 Jack 的办公室里，坐的是董昭。

倒不是董昭故意要坐 Jack 当年的位置——只不过 Jack 当年把最好的一个独立办公室，让给了来自美国的 A 厂副总裁。而今天，董昭把那间光线更好的房间同样让给了从美国回来的 Terry。

在华星科技大厦的 6 楼，DK 打车租了一间办公室作为库房 + 棋牌室。

每天晚上 9 点，不论一天的工作多忙，董昭都会带着几个也喜欢打得州扑克的同事到 6 楼打牌，打到 12 点再回家。

第二天早晨 8 点，董昭雷打不动精神抖擞地来到办公室开始一天的指挥工作。

有的人的精力是别人没法比的。

在北京，魏沉的放松方式是看军事书籍。国内外的各种战役，尤其是我党我军的各种战役，是魏沉最喜欢研读学习的。

每天，魏沉、班忠、丁超都会开早会，同步最新的战况。

班忠负责产品技术，丁超负责全国的运营地推，而魏沉目前的主要工作，是见人。

见投资人，见应聘者，见政府的人。总之，魏沉要给 KK 带来钱、带来人才，同时保障外部没有阻碍。

晚上回去的路，有时魏沉会出于运动减肥的目的选择步行。但往往第二天就难以坚持，因为太累了。

打车大战，风口中的人，有的如董昭一般精力无限，每天打得州扑克照样早起。也有的像魏沉一样，每天夜里拖着疲惫的身体，试图用走路缓解压力，同时脑中又不断回想着书中那些几十年前的经典战役。

春节，出租车在原本就稀缺的状况下，由于 KK 和 DK 的补贴，更加紧缺。

飘落的雪花，落在不断招手打车的人身上，身边经过的都是有人的出租车。即使偶尔遇到一辆空车，也会看到司机摆摆手，指一下面前架子上的手机，示意要去接用软件叫车的客人。

40 岁以上的人，忽然发现这个世界变了。

变得陌生、不友好，却又充满着改变所带给年轻人的欢悦。

1974 年出生的焦伟文和黄洲，在 40 岁到来的时候，遇到了和打不到车的中年人同样的无奈。

在市场份额已经跌到谷底后，两人都选择了在春节后宣布结束手机打车软件业务。

黄洲在 DY 下线后，继续维持着和大企业的合作，通过非互联网的方式为企业提供用车服务。

而焦伟文却完全失去了他的 YY 招车。

早在春节前的最后一周，焦伟文终于决定去深圳找 Jerry，希望可以获得救命的融资，甚至不惜降低 YY 的估值。

但此时 T 厂早已是 KK 的投资方，而 KK 和 YY 的差距已经拉到天壤之别，Jerry 根本没有见焦伟文。

焦伟文在深圳湾公园望着对面的香港元朗，那垂垂老矣的“发达地区”印记，就像 YY 曾经拥有的短暂荣耀一样，一去不复返了。

春节后的 YY 办公室，在给最后一个出租车司机打款提现后，焦伟文和 YY 团队曾经战斗过的地方，人去楼空。

杨辰丽和焦伟文在宣布 YY 解散后告别。

焦伟文没有挽留，因为自己将来要做什么，他也没有想好，更别说带杨辰丽一起做。

而杨辰丽也在焦伟文多次的任性、固执己见，错失了大好时机后，决定放弃跟随这位老板。

董昭在杭州听说了 YY 的解散后，马上动身飞往北京。

他约了杨辰丽见面。

两人上一次面对面，还是在上海虹桥火车站互怼，最终双双进了派出所 。

这次，董昭没有带着胜利者的笑容，而是怀着同志的热情来邀请杨辰丽加入 DK 打车。

“不打不相识，我们这儿一定更适合你。”董昭对杨辰丽说。

“上次在上海的事情，你不计较？”杨辰丽也单刀直入。

“如果不是狠角色，你我也不会打到最后，是不是？在战场上，勇猛善战恰恰是优点。可是有一天，当我们成为战友，之前的事情一笔勾销。”董昭想了想，接着说，“希望你也原谅我当时的鲁莽。”

杨辰丽叹了口气：“焦伟文是个猛将，但太可惜，他太自信了。”

董昭说：“是个好对手，虽然没有和我们战到最后，但，给我们铺好了不少路。谢谢他，也谢谢你。”

杨辰丽加入了 DK，董昭允许她不来杭州，继续在北京办公，负责全国的商务和市场。

获得杨辰丽的加入后，董昭没有马上返回杭州，而是去了上地。

在得实大厦门口的山西刀削面吃了碗面，身边不少是 KK 的员工，在讨论最近打车大战的状况。

董昭吃完面后，步行去了不远处的B厂。

在楼下的咖啡店坐了半小时后，一个戴着黑框眼镜，穿着精干得体的白皮肤小伙子出现了。

“刘竹，你好。我是董昭。”董昭站起身和小伙子握手。

刘竹虽然也穿着格子衫，却没有大多数工程师身上的憨厚气质，显得精致而聪明。

董昭想拉刘竹入伙DK，负责大数据方向的技术。

由于在B厂楼下，董昭怕隔墙有耳，小声和刘竹交谈。

仔细讲述了DK目前的市场规模，以及基于LBS的技术在大数据方面的积累和应用。

B厂是国内大数据领域的技术排头兵，刘竹又是大数据方面的专家。董昭请刘竹加入DK也是带着十二分诚意——除了大量的期权外，还给予刘竹技术VP

刘竹

生于1984年，江苏人，上海交通大学毕业。目前是B厂最年轻的高级技术专家，架构师。

的头衔——这一头衔和联合创始人陈望平级。

刘竹思考一阵，告诉董昭："我可以带20个人一起来。"

两周后，刘竹带着B厂他手下20人的精英技术团队，一起加入了DK。办公地点在北京西直门。

DK如虎添翼。

2014年3月，DK投资人郭自立在上海攒局，邀请DK的徐星辰、董昭、Terry，KK的魏沉、班忠、丁超，以及蜜蜂用车的Martin一起吃饭。

目前尚存的三家打车软件公司高管聚在一起，郭自立主持，希望大家谈一谈"合作大业"。

"这么打下去也不是个办法。"郭自立说，"每天的补贴几百万几百万地花，这钱花到什么时候呢？如果咱们三家一合并，那还有别人什么事？补贴可以停下来，把钱花在更有用的地方。"

说来容易，可是，合并，谁合并谁，谁被合并？大家都各怀鬼胎，也不敢轻易表态。

在魏沉看来，整个北方是KK的天下，并且KK的融资比DK更早一轮，资金上更有优势。因为在北京，跟各路投资人见面的机会也频繁，所以魏沉是有信心合并其他两家的。

在董昭看来，DK 拿下了南方的大多数省份，除了总部所在的浙江省，经济第一大省广东省也是 DK 更占优势。而上海的蜜蜂用车是迟早都要吃下来的，由 DK 来合并其他两家，理所应当。

对于 Martin 来说，深知自己不是其他两家的对手。怎样合并，能把蜜蜂卖个好价钱，才是最实际的事情。作为多次创业的香港人，Martin 并没有内地年轻人的“宏大叙事”思维，在他看来，一切都是可以用利益来衡量的。

饭局在嘻嘻哈哈的无关紧要的闲扯中结束。

一周后，魏沉单独约 Martin 聊了一回合并，因为 KK 分给 Martin 的股份不够多，Martin 没有同意。

3 天后，徐星辰带着 Terry 和董昭来见 Martin，这次给的股份双方都比较满意。

3 月最后一周，DK 宣布收购蜜蜂用车。

全国只剩下 KK 和 DK 两家打车公司，战斗进入双雄时代。

第十五回

汪华破薅羊毛
星辰退出 DK

一山不容二虎。

不论曾经如何“孙刘联合抗曹”，今天的 KK 和 DK 都是中国唯二的打车软件巨头，互为彼此最大的竞争对手。

魏沉和董昭都没想到，相比 YY、DY 等前辈，他们起得比别人晚，却最终耗死了别人。

两年前还在杭州万塘路徘徊迷茫的两个年轻人，今天竟然站到了喜马拉雅之巅。

变化来得有点儿快。

董昭依旧喜欢在万塘路上吃烤串，只是喝的酒从啤酒变成了威士忌。

在收购蜜蜂后，Martin 来杭州开会，和徐星辰、董昭、Terry、陈望一起在万塘路撸串。

香港人在上海待久了，习惯了斯斯文文吃西餐，但对这种北方式的夜宵也还是非常乐意接受，威士忌兑雪碧，一杯又一杯。

对于 Martin 而言，本来创业就是锦上添花的事情。衣食无忧，花不完的钱，何必那么拼。

这次被 DK 收购，Martin 拿到的 DK 股权，如果换成现金够他花几十年了。不过他还是保留了股权以及公司的职位。

但徐英杰就没那么幸运了，海外背景的他本身看不上 DK 那帮“土包子”，而他做的“运营总监”岗位，DK 已经选好了人来接手。

来接手徐英杰的人叫申颂萧。

徐英杰不愿寄人篱下，决定

> **申颂萧**
>
> 1983 年生，四川人，四川大学毕业。申颂萧是董昭在 JS 当管培生时候的同学。

辞职。

Martin 则欣然接受了新的搭档，虽然清楚申颂萧是董昭故意派到他身边的，可是对于一个只想混到公司上市套现拿钱的人来说，又有什么关系呢？

此时有点惴惴不安的是魏沉。

没能收购蜜蜂，导致蜜蜂投入了 DK 的怀抱。

而刘竹的加入，也弥补了 DK 之前在技术层面和 KK 的差距。

如今两家可谓势均力敌，长江以北 KK 强，长江以南 DK 强。

相比 DK 的 CEO Terry，魏沉毕竟年轻又缺乏融资经验，除了管理公司还要不断去见新的投资人，有些焦头烂额。

打车大战继续中，全民狂欢的“薅羊毛”每时每刻都在上演。

原本坐公交车上下班的小白领，开启了全天打车的模式。KK 和 DK 每天分别可以补贴两次，于是除了上下班，再加上看电影吃饭之类，整个城市的出租车都变得活跃起来。出租车司机一刻不停，打车软件上的呼叫声此起彼伏。

杭州城北的湖州街，是出租车司机交接班的聚集地。周围有几家河南烩面馆，每到饭点都聚集着不少出租车司机。

为了方便帮司机安装软件、解答问题，DK 的杭州服务站也设在了湖州街司机聚集的地方。

汪华每周有一半时间在华星科技大厦总部，另一半时间在湖州街服务站工作。

在服务站时，除了监督管理地推员工的工作，查看一下最新的注册数据，以及处理回访。更多的时候，汪华都在和司机们交流，了解司机对 DK 的使用问题和看法。

有一天，汪华到湖州街一家烩面馆吃面，旁边桌几个司机窃窃私语，有人见到他，认出他是 DK 杭州经理，给其他人使了眼色，大家也都闭嘴了。

汪华觉得奇怪，吃完面后出了门，过了马路，站在一棵树后等待。

等几个司机出来后，各自上了自己的出租车，汪华跟上去记住了其中几个的车牌。

回到办公室，汪华马上让人查了这几个车牌号的账户信息。

结果让他震惊，几个人都是杭州上个月接单量前 30 的司机，也就是说，他们获得 DK 的补贴是最多的。

如果说，是“优秀司机”抱团吃饭，聚在一起，或许还有可能。但是他们看到汪华后的眼神和沉默，到底是什么意思呢？

汪华想了一晚上。第二天，他穿上了自己以前开出租时候的制服，戴了副眼镜，戴了个帽子，乔装打扮一番，中午早早地来到河南烩面馆，慢悠悠地把一碗面吃了一小时。在这一小时里，他听到了隔壁几桌都谈到了“你注册了几个号”这个问题。

“难道不是一个司机只能注册一个 DK 账号，一个账号只能对应一辆车吗？”汪华觉得蹊跷。

继续听下去，汪华发现了其中的问题。不少司机都是一个人用多个手机号，注册多个司机账户，而这些账户的身份证信息是假的，车牌号也是假的。

司机们相互“帮忙”，用乘客软件发布打车信息，由假的司机号接单。双方默契配合，一趟也不用开车，就可以赚乘客和司机的双重补贴奖励。

那么，这些虚假的信息，是怎样成功注册成为 DK 司机的呢？

汪华明白了，是负责审核司机信息的杭州服务站员工——李磊。

汪华将情况汇报给了付学军，付学军同意汇报给人力资源部并将李磊开除。汪华组织人手重新将李磊审核过的所有车辆信息进行核验，发现了其中有 200 多部出租车的车牌号和身份证是虚假信息。顺藤摸瓜，将使用假信息的司机账户全部永久查封。

单单这200个虚假账号，每天“刷单”获得的DK补贴就有46000元。如果假设全国200多个城市都有同样的情况在发生，每天光是被骗走的补贴，都是相当巨大的数目。

杭州的这一情况经汪华的上报，受到了郭发的重视。各个大区即刻开始了彻底的排查，最终的结果是全国251个城市，有虚假司机信息的城市有36个，共有虚假账号6000余个，每天损失138万元。

全国开展了严厉打击刷单的行动，对于刷单严重的司机，甚至报警处理。

杭州作为虚假单最严重的城市之一，城市经理理应承担责任。但是郭发看在汪华发现问题及时，以及帮助公司及时止损，帮助公司挽回金额近千万元的份上，对汪华不仅不责备，反而升任他为江苏省区域经理，南京赴任。付学军依旧负责华东的浙江、上海、安徽。

Terry曾经在美国主要是和技术人员打交道，回国后担任CEO，面对的是各路精明的投资人。然而恰恰因为Terry本身的技术背景以及海外经历，让国内的投资人对他有一种意外的信任感。

在中国，投资人面对的大多数创业者都是一身西装，试图以PPT和口沫横飞的演讲来吸引投资人。见多了这样的创业者，Terry牛仔裤加深色POLO衫的形象，朴实的语言，思考时的某种呆滞，打动了不少投资人。

打车大战之后，KK 和 DK 双方的资金都十分吃紧。随着拓展城市的增加，两家公司每天用在补贴上的资金逐渐从百万级到了千万级。

Terry 每天都在见投资人，徐星辰有时会和 Terry 一起去，但后来发现 Terry 自己和投资人沟通效果更好，就由 Terry 单独见投资人。

2014 年 4 月，Terry 在多次沟通后，获得了来自美国狮子基金领投的 1.5 亿美元 C 轮融资。

在确认了融资金额的当晚，徐星辰叫了 Terry、董昭、陈望、刘竹、郭发、胡伟、杨辰丽一起聚餐庆祝。

“Terry 牛气，给我们融到了美国的钱！”徐星辰举杯说，“敬 Terry 一杯！”

大家纷纷举杯，Terry 频频跟大家谦虚地点头。

董昭说：“现在有了这笔融资，我们比 KK 的优势又要大了不少！如果他们没有新的融资，打车大战我们一定能赢到最后！”

Terry 说：“投资人也不是看我的面子，关键还是大家在前线打得给力！”

Terry 虽然还是一口东北普通话，但是在美国多年，还能说一个中国时下的流行语“给力”，让同事们哈哈大笑。

“各位。”徐星辰忽然站起来，“跟大家说一件事情。”

平时往往幽默轻松的徐星辰忽然有点儿严肃，大家顿时安静下来。

“我打算退出 DK。”徐星辰平静地说。

大家一阵骚动，Terry 说：“星辰你这是干啥，没喝多吧？”

徐星辰示意大家安静，接着说：“从 2012 年创立 DK，到现在，快两年了。从一开始我和董昭、胡伟一起瞎弄弄，到现在，我们有全国正式员工 200 多人，非正式员工近 300 人。从学着 YY 和 DY 干，到我们自己干，打跑了大多数对手，两强争霸的局面。没有大家共同的努力，DK 走不到今天。我徐星辰是个幸运的人，从早期在学校创业，到后来做新项目，都有贵人给我指点和支持。要钱来钱，要人有人。如果不是董昭、胡伟早期全力做这个谁也看不懂的项目，就没有 DK 的开始；如果没有 Terry 回国加入，陈望、刘竹把技术方面做到最好，就没有 DK 的现在。而我徐星辰是个随性的人，大家也知道，其他几个项目也做得不错。我需要有更多精力投入新的项目中去。DK 可以没有我，但不能没有你们。我选择在这个时候退出，也是因为这次 Terry 带给我们的融资，让 DK 真正有了保障，可以更稳健地去面对竞争。我徐星辰在接下来起的作用，就不大了。大家也不用劝了，我已经想好了自己的工作和生活。

祝大家成功吧！”

徐星辰端起酒杯，一个人喝掉了半杯红酒，脸上写满了放松和满足。

第十六回

投资 KK 不成
甄魏共赴西藏

徐星辰离开了 DK，将股份套现，金额在 5000 万人民币以上。

一周后，胡伟在公司楼下见到了徐星辰，开着蓝色的特斯拉 Model S，摇下窗户相视一笑。

“换新车了啊星辰学长，好棒的车！”胡伟凑上去打量着新车。

“加油，你也行的！”徐星辰摇起车窗，开走了。

胡伟心里也美滋滋，他想，如果徐星辰能套现 5000 万元，那他就算能套现 200 万元，也不错啊！“起码能买套新房，换辆宝马！”

得知DK融资消息的当天，平时吃得香睡得香的魏沉竟然失眠了。闭上眼睛，他想象着满天繁星，一颗、两颗、三颗……数到了第500颗星星还是睡不着。

魏沉喜欢星空，可是在北京，每到夜晚，整个城市向宇宙散发着明晃晃的灯光，月亮都经常看不清，更别说星空了。

魏沉想去西藏看星空。

第二天，疲惫的魏沉依旧要早起，因为有位重要的投资人要来KK参观。

这位贵客是美国投行GS的亚太区总经理甄露。

甄露上午11点来到得实大厦，魏沉亲自到一楼迎接，带着甄露坐电梯上5楼，把公司走了一遍，介绍了各个

> **甄露**
>
> 生于1978年，江苏人，哈佛大学毕业。甄露在北京出生长大，父亲是改革开放后第一批企业家甄昌立。

部门和主要负责人后，两人来到了魏沉的办公室。

魏沉请甄露坐下，给甄露倒了一杯茶，自己拧开一瓶可乐。

甄露见到可乐，便对魏沉说："喝这东西可不健康，创业者要关心自己的身体。因为你的身体不只属于你自己，也属于你的公司、你的投资人，甚至你所有的用户。"

魏沉听到这句话时已经灌了一口进去，咽下去后把瓶盖拧紧："好，听你的。"他把可乐放在一边，也给自己倒了一杯白开水。

"魏沉，过去两年，全国那么多打车公司，最后只剩下你们和 DK，你觉得靠的是什么？"甄露问。

"我们的运气不错。这件事如果早几年，我们做不起来；如果晚两年，我们也没资格玩了。我们进入的时机合适。在运气的基础上，我认为最重要的是我们的人，我们 KK 的每一个人，他们相信"让出行更美好"这件事，也信任我这个胖子。两年前我一个人的梦想，今天是几百人的梦想。"魏沉说。

"他们为什么相信你？为什么愿意跟着你？"甄露问。

"那，你得问问他们了。"魏沉哈哈大笑。

时间快到中午，魏沉和甄露下午都有事，于是就到楼下平房里的山西刀削面去吃午餐。

魏沉点了油泼辣子面，甄露显然没来过这样的地方，对着墙上密密麻麻的菜单一阵犹豫。

“我帮你点吧！老板，来碗西红柿鸡蛋面！清淡，有营养，适合你！”魏沉笑着说。

甄露点点头，在投行统领整个亚洲业务的她，此刻有了一种难得的被照顾的轻松感。但时间有限，甄露还是要快点进入主题。

“关于投资的事情，你再考虑一下？”甄露说。

“目前包括 T 厂在内的几家公司，都在准备对我们的 D 轮投资。说实话，我们并不缺少投资方，况且这次 GS 的投资计划，还是比较保守的。所以，可能并不是我们最理想的合作方。”魏沉说。

“GS 作为美国的投资机构，对中国的创业公司的确谨慎了一些。不过我个人非常看好你和你的团队，能给我们一次机会合作吗？”甄露甚至透露出了请求的语气。

“抱歉，甄总。目前 KK 要考虑的是生存，我们需要的是最能帮助 KK 生存的投资方。”魏沉回答得斩钉截铁。

两碗面上来了，油泼辣子面被魏沉用筷子从碗底搅拌起，红油瞬间浸润了白色的面条。魏沉哧溜哧溜地吸起面来。

甄露的西红柿鸡蛋面放在面前，她却没有动筷子。眼神中充满着遗憾，她尝试最后一次说服魏沉：“难道，没有别的可能性了吗？”

“除非。”魏沉说，“你加入 KK。”

这句魏沉看似开玩笑的话，让甄露想了好几天。

甄露原本的目标是代表 GS 投资 KK，但是 KK 的确不缺投资方，GS 的条件又很苛刻，谈不成也是理所当然。但是甄露在短短的几小时内，被魏沉这个和她来自完全不同背景的年轻人身上的某种坚定的东西吸引了，非常不想就此错过跟 KK 合作的机会。

但魏沉这句“加入 KK”，难道不是开玩笑吗？

3 天后，魏沉给甄露发微信：“一起去西藏，好不好？还有我的团队，让你更了解 KK。”

魏沉邀请甄露参加的，其实是 KK 每月一次的“在路上”管理会议。自从公司进入正轨后，魏沉每月都会召集主要的管理者，到京郊的某一处地方，让大家放松心情、放飞思绪，总结过去工作上、管理上的得失，相互倾听和建议。目的是通过这种“走出去”，让管理者有机会在一起思考自己的管理方式有什么改进的空间，相互同步和学习。

甄露请了一周假，跟随魏沉以及班忠、丁超、谢林、任威等几名公司核心成员一起坐飞机到青海格尔木，开始了青藏高原自驾之旅。

魏沉和甄露开一辆越野车，其他四人开一辆。沿着青藏线一路奔驰。

出发的第一天，甄露看到了藏羚羊，看到了开往拉萨的高原火车，住在小旅馆，吃泡面当晚餐。

第二天，原本天黑前可以到达西藏那曲，却因为中途的爆胎耽误了时间。魏沉开了一天车，很疲惫。甄露在美国也有过几次自驾，虽然在中国大城市里不太敢开车，但在这没什么车的青藏高原上，甄露有一种来到美国中西部荒原中驾驶的感觉。

轮到甄露开车，魏沉在一旁睡着了，鼾声回响在在安静的夜色中。

“魏沉竟然对我如此信任。”甄露想。

后面几天，在西藏崎岖的公路上，甄露体验了人生的很多第一次。比如因为宾馆的条件有限，甄露第一次两天不洗澡；比如第一次缺氧，需要吸氧气瓶；比如第一次上“露天厕所”……甄露虽然来自中国最富裕阶层的家庭，从未离开过名校和大公司的光环，却在这一段旅程中渐渐找到了小时候偶尔几次和同学在北京胡同里骑自行车时的快乐。

魏沉、班忠、丁超、谢林、任威，他们有的来自同样的背景，在一起奋斗多年，有的因为KK走到一起。也在这一趟旅程中，他们有了更像亲兄弟一般的信任和情感。

第六天晚上，魏沉一行人开车到了纳木错，世界上海拔最高的咸水湖。这里空气稀薄，夜晚的天空如被雕刻过的穹顶，满目星海。

他们穿着冲锋衣，躺在纳木错湖边看星星。魏沉长叹一口气："太美了，我梦到过这样的星空。"

甄露说："在美国，我也见过这样的星空。在西部的荒原，周围几百公里都没有城镇，漫天都是星星。"

班忠说："在武汉读大学时，我有时也会去东湖边看星星，不过没有这么亮、这么多。"

丁超说："这么一说，我也想起了在浙大的时光，我们爬到老和山顶上，能看到星空，还有西湖。"

谢林说："做 KK 前一年，魏沉带我们团队在北京郊区的一片草原上过周末。晚上我们走出蒙古包，不远处是一条铁轨，传来火车的声响。夏天虽然很热，但那儿却很凉快，当时我们烧烤结束，抱着啤酒、吉他，在草地上坐着。忽然一片云被风吹走了，月亮出来了，星星也更明亮了。然后，魏沉唱了一首那年的新歌。"

甄露好奇地问："他还会唱歌？是哪一首？"

任威说："逃跑计划的，《夜空中最亮的星》。"

夜空中最亮的星
能否听清
那仰望的人
心底的孤独和叹息

夜空中最亮的星
能否记起
曾与我同行
消失在风里的身影

我祈祷拥有一颗透明的心灵
和会流泪的眼睛
给我再去相信的勇气
越过谎言去拥抱你

每当我找不到存在的意义
每当我迷失在黑夜里
夜空中最亮的星
请指引我靠近你

夜空中最亮的星
是否知道
曾与我同行的身影
如今在哪里

夜空中最亮的星

是否在意
是等太阳升起
还是意外先来临

我宁愿所有痛苦都留在心里
也不愿忘记你的眼睛
给我再去相信的勇气
越过谎言去拥抱你

每当我找不到存在的意义
每当我迷失在黑夜里
夜空中最亮的星
请照亮我前行

我祈祷拥有一颗透明的心灵
和会流泪的眼睛
给我再去相信的勇气
越过谎言去拥抱你

每当我找不到存在的意义
每当我迷失在黑夜里
夜空中最亮的星

请照亮我前行

夜空中最亮的星
能否听清
那仰望的人
心底的孤独和叹息

魏沉先开唱，接着是任威、谢林，然后丁超、班忠也唱了起来。甄露不会唱，她坐起身，望着湖水和星空，听着这首《夜空中最亮的星》。

歌声结束，甄露泪流满面，魏沉也满眼泪水。

“想到什么了，让你这么感触？”甄露问魏沉。

“想到了这两年的点点滴滴，想到我们一开始，像几颗小小的、不太发光的星星。有时别人能看到，有时看不到。我们闪啊闪，希望被更多人看到。然后，我们身边多了好多星星，越来越多，聚集在一起。就像这天上的星星，没有谁会消失。我们会变成夜空中最亮的星星。”魏沉说完，转头望向正在擦眼泪的甄露，“那么，又是什么让你感触？”

甄露叹了口气：“因为我想，可能我要和一起奋斗了12年的GS同事们告别了，舍不得。”

只安静了两秒。

魏沉从地上跳了起来：“耶！甄露要加入我们了！”

大家都从地上站起来欢呼，抱作一团。

甄露在大家中间，感受着在冷冷的西藏高原上少有的温暖。

第十七回

甄露加入KK
惊现DK卧底

从西藏回来后，甄露真的加入了KK。

这一消息公布的时候，董昭第一次感觉到有点慌。

甄露离开了全球最著名的投资公司GS的亚洲区总经理职位，来到KK这家中国的民营公司，任COO。

她的背景和DK的COO董昭真的是天地之别。

董昭从原本极度自信的状况回过神来，有点恍惚自己如何从两年前一个投靠徐星辰的淘宝店店主，变成今天的全国两大打车巨头之一的统帅。

董昭想起了大学和徐星辰一起踢球时的那种不服和不自信。来自河南洛阳的他，只在很少几个人面前有过不自信。

徐星辰算一个，而今天的甄露也算一个。

董昭担心的不仅是甄露，还有她的父亲。

甄露的父亲甄昌立，20 世纪 80 年代创立中国最大的电脑公司至今，虽然已经把权力交给年轻人，却依旧德高望重，在中国企业家里没有谁不对他尊重、景仰。

甄露带给 KK 的资源，不仅是来自美国和金融界的资源，更是她的父亲在中国改革开放几十年来拥有的一切资源。

甄露带来的除了资源，还有人。跟随甄露 5 年的手下悍将 James 也和甄露一起加入了 KK。

来到 KK 后，James 帮助甄露和魏沉制订有关融资等方面的战略计划。

过去 KK 的种种粗放式的管

James

生于 1984 年，安徽人，美国康奈尔大学毕业，在 GS 美国工作 3 年后，回到中国跟随甄露，负责战略。

理方法，慢慢地被甄露和 James 改变。KK 逐渐变成一家拥有中国基因，同时拥有外企思维的公司。

James 以其规范化的管理和思路，以及俊俏的外表，也吸引了不少 KK 的女员工。

来到 KK 一个月后，James 被任命为 KK 的 VP，负责战略和投融资。

而与 James 相反的，是丁超粗放式的管理和粗放的外表。

丁超不喜欢外企的那一套规矩和规范，喜欢打仗时的快感。

作为区域管理的一把手，丁超很少在办公室加班。大多时候他会去各个大区视察，或者和大区经理们在酒桌上开会。

一天，丁超晚上和大区经理们喝完酒回到办公室，忽然发现自己办公室门关上了。

丁超虽然大大咧咧，但是还算细心。他清楚地记得走的时候他的门没有关。虽然有可能是保洁阿姨关上的，但出于保险，丁超还是打算去检查一下。

握住门把手，里面被反锁了。

“谁在里面？”丁超问。

没人应答。

丁超狠狠拍门：“赶紧开门。知道你在里面！”

里面还是没动静。

丁超摸了半天钥匙，发现在包里。而自己的包被谢林拿着，谢林还在后面。于是丁超打电话给谢林，让他们赶紧带人上来。

电话还没说完，丁超的门忽然开了。一个黑影冲出来，戴着鸭舌帽背着双肩包，径直冲向后门安全通道。

“他跑啦！”丁超对电话里吼一声，追着那人跑。

两人一路你追我赶，从 5 楼跑到了 3 楼。那人又钻进门里，等丁超一进门，一伸腿绊倒丁超。

丁超本来就喝了不少，这一摔倒撞到头上，一阵晕眩，无力再追。

谢林早有防备，在一楼安排了人把守。鸭舌帽一下到一楼，已被五六个人团团围住。

谢林拽下他的鸭舌帽一看，竟然是 KK 北京城市经理杨鹏。

杨鹏

生于1985年，河北人。以前在教育公司做销售，2012 年加入 KK，一直跟随任威做地推销售，2014 年升职为北京城市经理。

任威随后赶到，看到是自己手下的人，上去就是一巴掌。

其他人在楼梯间发现了头上出血的丁超，谢林和手下赶紧送丁超去医院。任威留下带人审杨鹏。

“你要不说实话，我就直接报警了！”任威对杨鹏不客气地说。

杨鹏坐在会议室中间，一圈都是自己的同事兄弟。

杨鹏说：“我就在丁总办公室睡个觉，他沙发大。”

任威说：“睡个觉你跑什么？”

这时，技术部的一名程序员在杨鹏的电脑里发现了大量拷贝传输的公司运营数据、阶段计划，等等。在破解了杨鹏的邮箱后，发现了频繁和一个公司外邮箱来往的记录。邮箱的 IP 地址在杭州。

在杨鹏的手机聊天软件里，发现最新一条没有回复的信息，是一个来自杭州的 ID，叫“胡”。聊天内容是：“找到了没？”之前的聊天记录已经被删除。

任威拿着手机问杨鹏，这是谁？跟我们说，还是跟警察说？

杨鹏叹了口气，说：“那人是 DK 的胡伟。”

围着杨鹏的同事们都惊呆了。他们难以相信每天跟自己一起共事，目标是“打败 DK，夺取全国”的杨鹏，竟然是个“内鬼”！

原来那一晚，杨鹏发现丁超的办公室虚掩着门，而丁超又和其他人去喝酒了，于是偷偷进去反锁了门，想找到一些重要的资料。但丁超的电脑早已上了密码，柜子里也没什么重要文件。杨鹏估计错了时间，没想到丁超这一顿酒喝得这么快，他被发现了。

丁超在医院听说是杨鹏在和 DK 的人发送公司信息，大骂一句，马上打电话给魏沉。

魏沉在管理群里 @ 甄露和 James，问有什么好的建议。

James 马上回答："或许不是坏事。我去找媒体。"

第二天，不少互联网知名媒体登出了《DK 恶性竞争，派驻卧底窃取 KK 情报》《DK 打车大战全靠"偷"》《互联网的悲哀，DK 卧底被抓现行》等标题的报道。

舆论瞬间转向批判 DK。DK 单量应声而跌。

董昭并没有批评胡伟，因为这本身就是他安排胡伟和杨鹏去做的。

杨鹏是董昭在打车大战初期和胡伟一起在北京物色的"卧底"人选。此人早期加入 KK，和魏沉、谢林、任威都非常熟，又比较贪财，于是选了他作为打入 KK 内部的 DK 卧底。董昭要求杨鹏将 KK 重要的战略、数据等信息不定期发送给胡伟，由胡伟转交给董昭。再根据这些信息，和郭发等人指定运营战略。

而这次被抓了现行，导致DK在舆论上落了下风。再加上之前甄露的加入，让KK成为被更多人看好的“光明正大的公司”。

董昭在第二天飞到北京，和杨辰丽一起指挥市场公关团队联络媒体，写文章澄清。但KK铺天盖地的“诉苦”文章，让群众都把矛头指向了DK，无力回天。

“辰丽，你信不信，他们也有卧底在我们这边！只是还没被我们抓出来。”董昭叹了口气。凌晨，市场公关部的人都没走，还在继续做无力的抵抗。

第三天，董昭看完DK公关团队在报纸上登的澄清文章，直接扔掉报纸破口大骂：“傻！这种文章登在《北京日报》上，给你奶奶看啊！”吓得加了一晚上班的公关团队没一个人敢说话。

回到杭州后，董昭发了条朋友圈：“有没有会写文章，会做宣传的牛人推荐！重赏！”

一周后，投资人郭自立把董昭和Terry带到了西溪湿地的一个临水的木屋里，要介绍给他们一位公关界的“大神”。

20分钟后，一位戴着高度近视眼镜，长大胡子，穿格子衫的中年男子走了进来。

郭自立起身迎接："阮老师好。"转身向董昭和 Terry 介绍，"这位是 A 厂前公关副总裁，阮涛老师。"

董昭之前也听说过阮涛离开了 A 厂，没想到竟然有机会将他纳入麾下。

"阮老师之前在 A 厂 10 年，现在出来，一个是想放松放松，另一个呢，也想尝试一些新的事情。我跟阮老师谈过很多次 DK 打车，阮老师是有兴趣的。董昭，Terry，你们谈谈。"

董昭听说阮涛喜欢喝酒，便叫服务员拿酒来。于是，四人从傍晚喝到凌晨，相谈甚欢。

第二天，Terry 发邮件宣布，阮涛加入 DK，任高级公关副总裁。

阮涛来到 DK 的第三天，由微信公众号的多个科技媒体共同

阮涛

生于 1977 年，福建人，毕业于人民大学。早年是媒体记者，后来到 A 厂。在 A 厂的 10 年里，曾帮助 Jack 化解过"卖家围攻 A 厂""假货危机"等多次公关事件。

发布了 DK 的一封道歉信。

信里表示了对于“卧底事件”的深刻反省和道歉，并承诺撤销产品经理胡伟的职务，加强管理。并特别向 KK 道歉，期望得到原谅。同时，为了表达对消费者的歉意，决定将补贴次数增加到每天 3 次。

这样一来，在卧底事件后原本受到影响的 DK 单量，又重新超越 KK。

而至于胡伟，他的确被撤职了产品经理。一周后，胡伟重新被任职“高级产品经理”。

兵不厌诈，DK 和 KK 都各自揣测着彼此的意图，在白热化的竞争中寻找着对方的每一个小小的失误。

打车大战经过半年，依旧激烈。消费者是受益者，他们享受着免费打车的快乐。

只是，不知这快乐还能持续多久。

第十八回

汪华智得山东
丁超策反简彰

打车大战看似像两个土豪在撒钱，比谁撒得多、撒得狠。

但事实上，也可以理解为两个壮汉在斗狠，各自拿着刀子在自己身上划。你一刀，我一刀，血流不止。如果有补给治疗（融资），还能多撑一会儿。如果没有，那么两个壮汉随时都可能倒下。

谁也不知道 KK 和 DK 还能撑多久。

中国南北方的地理分界线是秦岭—淮河一线，而目前 KK 和 DK 的势力分布也几乎如此。

KK 占优势的地区有北京、天津、河北、山西、内蒙古、辽宁、吉林、黑龙江、新疆、青海、甘肃、宁夏、陕西、山东。

DK 占优势的地区有浙江、上海、福建、广东、广西、海南、云南、贵州、四川、重庆、湖南、湖北、江西、西藏。

两家势均力敌的省份是河南、安徽、江苏。

为了突破彼此的“秦岭—淮河”，双方都在计划着“北伐”和“南征”。

DK 方面，郭发派江苏大区经理汪华同时接管原本由郭发助手朱松直接管理的山东大区。

“江苏是敌我双方势均力敌的战场，要拿下苏北地区，就必须把江苏以北的山东先拿下，两面夹击，将苏北地区包围在里面。”郭发对朱松和汪华讲。

郭发手下的人大多是做销售出身，跟随他多年。而汪华以前是公交车和出租车司机，因为化解了几次危机，被挖到 DK，不断提拔。郭发认为汪华这样有着不同社会阅历的人，或许会比纯销售出身的管理者更有战斗力。

汪华来到了青岛，跟随当地的城市经理考察了火车站、机场等几个重点推广点，也去了加油站等临时推广点进行考察。

汪华发现了青岛人的一个特点。每天傍晚，男人们到路边的啤酒店去买两斤散装鲜啤酒，用塑料袋装着拿回家喝。

于是，汪华和总部商量，能否和青岛的啤酒厂合作，制作一批印有 DK 打车标志和下载方式的啤酒专用塑料袋。

一周后，青岛的啤酒零售点用的塑料袋都印有 DK 的标志。

同时，在啤酒夜宵聚集的区域，也开展了“注册 DK 打车 App，送啤酒”的活动。

一系列活动做下来，青岛用户的活跃度提高了不少，在青岛市内，DK 的市场份额也超越了 KK。可是在整个山东省内，KK 的势力依然很强。

KK 在三、四线城市，如烟台、临沂等地，有着强大的地推团队。他们总是能迅速占领小城市最主要人流的区域，并和当地政府搞好关系，获得在此推广的默许。而 KK 制作的宣传页也简单明了，是哪怕没读过多少书的司机师傅都看得很明白的。

汪华带着团队从青岛来到烟台，在加油站正面见识了 KK 的推广方式。

当一个司机开着出租车经过加油站，会先看到加油站入口处贴着的大大的“1 天送 100！”的 KK 宣传牌。这样会吸引更多司机来加油，这是加油站也乐见的。

在排队等候加油的时候，KK 的推广人员会一一和司机讲解用 KK 打车“1 天送 100”的活动细则，并且将如何操作教给司机。如果司机还没有安装软件，就会帮助司机安装。同时，拿放油枪等工作，KK 的工作人员也会帮助加油站工作人员分担一些，使 KK 受到了加油站的欢迎。

汪华很快学会了这种推广方法，在其他的一些加油站进行了实操，并在山东的三、四线城市逐渐推广开。

由于汪华的手下都是之前朱松直接管理下的精兵强将，在掌握方法论后，DK 的推广效率不断提高，在山东的三、四线城市也逐渐超越了 KK 的市场份额。

汪华旗开得胜。

在 KK 的大本营北京，DK 一直都是被动应战。面对谢林、任威管理下的强悍的北京团队，钱峰大多选取一些和 KK 没有正面冲突的点进行推广。

钱峰是一个情绪稳定、相对偏保守的人。小时候从成都到北京的生活，让他学会了在一群说北京话的孩子中间不卑不亢，靠成绩和演讲的能力获得大家的尊重。

在外企，钱峰也是以对老板的任务按时按量完成而获得老板的信任。

钱峰还有过一段在新东方教英语的经历，相比其他生龙活虎说相声式的典型新东方老师，钱峰的风格是平稳、实用。他善于帮学生抓住考试的重点，反复练习。虽然不算是新东方的名师，但带过的学生普遍成绩也都不错。

在打车大战中，钱峰一直采取相对稳妥的战略，让 DK 在北京的火苗虽然不算烧得多大，却也从没有灭过。

这次，在汪华受命北伐的同时，董昭也要求钱峰进一步拓展在北京的市场。

钱峰受命后，将天津城市经理肖伟也临时调来北京，和北京城市经理李峥一起配合，准备打一次突袭战。

6月8日，钱峰命令李峥带队前往首都机场1、2、3号航站楼，在原本KK推广的区域附近建立DK自己的展台，并在司机休息区进行一对一推广。

肖伟则带领天津区域的人员，来到北京火车站、北京南站、北京西站进行同样的无死角推广。

这次推广的力度之大，前所未有，并且从早高峰前，一直进行到晚上。大家轮番上阵，累了就回到办公室休息一会儿，接着上。

谢林面对这样的进攻，也临时调派了更多人员赶往机场和几个火车站。

双方人数都不少，在这种情况下，有些小的摩擦很容易造成大的冲突。

6月11日上午，在机场3号航站楼出租车等候区域，KK和DK两名推广人员因为同时去开同一辆出租车的门，为谁先推广的问题争执起来。当时双方的管理人员都在其他航站楼，于是两人开始动手，扭打在一块儿，后来演变为了双方十余人的群殴。

其中两人伤势严重，被送往医院。其他人被保安带到了机场派出所。

当天晚上，正在北京西站的肖伟也因为推广时对方撕DK 车贴，和对方发生了争吵，手下人动手把对方打伤。

6 月 12 日，机场出台规则，再次强制要求打车公司不准在机场推广。

当天，钱峰召回了李峥和肖伟团队，停止了和 KK 的正面对抗。

DK 在北京的突袭战以失败告终。

广东，DK 占据绝对优势的省份。

KK 的南征直接从广东开始突破，而不是选择 DK 相对弱势的其他省份。可见丁超想要彻底拿下南方市场的决心。

丁超派任威直接带领几位总部的得力干将南下广东，和广东大区经理孟晨君配合攻打 DK 的堡垒。

孟晨君原有团队，在广东三、四线城市有一定规模。但是广州和深圳，DK 占有绝对的优势。

任威带领 20 人左右，驻扎深圳，孟晨君在广州驻扎。

孟晨君在广州的策略是，在原本 DK 经常出没的珠江边的酒吧夜宵摊推广的基础上，增加了茶楼的推广——老广们喜欢早晨到茶楼喝茶吃点心聊天，孟晨君和几大茶楼谈妥了合作，每天可以在茶楼门口驻扎推广。

而在深圳，任威也模仿之前简彰的做法，在城中村派驻了推广人员，同时在华侨城、福田口岸等游客出没比较多的地方，派驻了推广人员。

简彰当然也发现了 KK 的行动，汇报金家昌，同时加强了深圳地区的防守强度。

任威其实对简彰早有耳闻，知道是一员悍将。曾经简彰在广东以后来者身份打败了当时强大的对手 DY 用车，KK 老员工们也是人人皆知。

任威将简彰的反击汇报给了丁超，并将简彰过去战胜 DY，以及目前从广东负责人变成了深圳的城市经理一事也告诉了丁超。

丁超说："这么厉害的人，只做一个城市经理，为什么不能挖他来 KK？让他当我们的大区经理！"

第二天，丁超亲自坐飞机来到深圳，通过共同的熟人，约了简彰吃饭。

两人约在欢乐海岸一家临水的餐厅。

简彰礼貌而克制，向比他年纪小的丁超点头握手："丁总，您好。"

丁超赶忙将原本伸出的一只手变成两只手，握住简彰的手："简彰兄，久闻大名！"

简彰说："我一个区区城市经理，什么事劳您 KK 的副总裁大老远来见我？"

丁超说："就是因为对简兄您的才华仰慕，才专门来拜访您。"

简彰听出了其中的意思，笑笑说：“我并没有什么才华，只是踏实做事罢了。倘若不是董昭董总给我的机会，我现在还在杭州种菜呢。能赶上这个大时代，进入这家公司，是我的幸运。”

丁超说：“依我看，您的人品、才华，以及在DK的资历，不说该和郭发平起平坐，起码担任一个大区经理，总是应该的。可如今董昭却让您做一个区区城市经理，实在可惜。”

简彰听罢，不禁心中拂过一丝涟漪。的确作为DK的元老之一，如今却只管理深圳一个城市，说没怨气是假的。

简彰对丁超笑笑，喝口茶，没再说话。

第十九回

首席专车面世
KK 农村围城

简彰的性格决定了他是那种打掉了牙也要往肚子里吞的人。哪怕自己受委屈，也绝不做不忠不义的事。

要说简彰心里想不想被认可？当然想。他渴望被认可，被重用，被尊重。他渴望有一天 Terry 或董昭亲自将他重用，他渴望有一天自己默默坚守的忠诚、默默保卫的阵地、默默照顾的员工，能被 DK 所有人知道。

可是，正是这种“好人”的性格，让简彰不得不在道德的山顶高处不胜寒。

“简彰兄，加入我们吧。我是不会让一个有才华的人屈居这样的位置的。您来 KK，广东、海南、广西、福建四省归您管理。”丁超直接扔出大礼包，用期待的眼神看着简彰。

“抱歉，丁总。激战当前，虽然很感谢您对我个人的认可。但是目前我们是对手，我不能加入对手 KK。”简彰斩钉截铁地说，没有一丝犹豫。

晚上回家的路上，简彰在车里笑了出来。他为自己的“正义之举”感到开心。

而丁超在回北京的飞机上，给简彰发了微信：“我很敬佩您，希望有一天不是对手，我们可以做好兄弟。”发完消息后关机，躺在座椅上感到有些遗憾，却也安心。飞回北京继续指挥战斗。

KK 对于广东发动的进攻并无太大的效果，广州和深圳的攻势被金家昌和简彰迅速扑灭。

广东大区经理孟晨君带队退守回中山、东莞、惠州等城市，等待下一次“包围广深”的机会。

Martin 带领蜜蜂用车加入 DK 三个月了，一直在维护蜜蜂用车 App 的运营，轻松愉快，并没有太多新的事情要做。

在进攻北京失败后，董昭在一次管理会议上和 Martin

商量，可否将蜜蜂用车的商务车业务，拓展到全国？

这让 Martin 有了兴趣，没想到蜜蜂用车还能在被收购的情况下起死回生，而不是“养老退休”。

“但是。”董昭说，“名字我们要换一个。”

“换什么？”Martin 有点失落，毕竟“蜜蜂”是用了将近 3 年的名字。

“要起个响亮的名字，体现专车服务的高端大气上档次！”董昭说。

“牛气专车？”Martin 开玩笑说。

“俗了点。”董昭笑笑。

“No.1 专车？”Martin 说。

“不要用英文，要照顾大多数人的水平。”董昭说。

“要高端、大气、上档次，也就是最好的服务。”Martin 想了想说，“首席专车！”

于是，“首席专车”成为 DK 最新的重点项目，Martin 总负责，申颂萧任总经理。

申颂萧是销售管培生出身，弥补了 Martin 作为香港人在内地做事“接地气”的不足。

虽说是董昭安排在 Martin 身边的“自己人”，申颂萧却积极肯干，配合 Martin 一同开拓全国的市场。

先在一线城市试水，利用之前蜜蜂用车偷师 DY 时获得的各地关系网，在北上广深迅速和车辆服务公司建立了合作。在这几个城市的DK打车App上，可以看到醒目的“首席专车”按键，点进去后可以选择帕萨特等商务车辆，以及奥迪、宝马等高端车型。当然价格也是出租车的2—4倍。

在一线四城推广一周后，申颂萧迅速地开拓了二线城市的首席专车业务，包括杭州、南京、苏州、成都、重庆、天津、武汉、西安、青岛等各城市的运营团队在原DK团队的基础上进一步扩充，和DK的出租车业务分别推广。

三周后，沈阳、长春、哈尔滨、石家庄、太原、济南、郑州、合肥、南昌、福州、厦门、长沙、贵阳、昆明、南宁等城市也开通了首席专车业务。

一时间，手机打车的热潮被“专车接送”取代。奥迪A6L开到公司楼下，西装领带的司机下车为你开门，在同事惊诧的目光中缓缓驶出办公楼。车上，瓶装水、纸巾摆放整齐等你使用。这种“厅局级的享受”，以前普通人是不敢想的。

而由于推广期的优惠，每次只要10—20元，就可以享受一次这样的专车旅程。

Martin和申颂萧也常常在不同城市“微服私访”，体验自己的专车服务，把体验不够好的点记录下来进行改进。

有一点是 Martin 和当年的黄洲共同的认知——一定要使用正规的车辆。专车讲究高大上，安全是第一位，绝不使用个人的“黑车”，是 Martin 的底线。

申颂萧曾经提议过适度放宽审核标准，将部分私家车也纳入首席专车的用车范围，但被 Martin 当场否定。

由于目前合作的车辆提供商完全能满足首席专车的用车需求，申颂萧也就没有再纠结这个问题。

魏沉和丁超当然感受到了来自首席专车的压力。原本都是同一兵种同一市场的竞争，如今 DK 多出来一条路，并且越做越大，KK 也不能置若罔闻。

得到魏沉的允许后，丁超把出租车的运营总指挥权交给了 James，自己独立出团队做新项目“KK 专车”。

丁超在被魏沉请来 KK 之前原本想做的是比出租车更低端的顺风车，也就是私家车上下班的共享座位服务。如今面对 DK 高大上的首席专车，丁超不得不暂时搁置做顺风车的计划，改做高大上的专车。

然而，在丁超的骨子里，平民化的产品依旧是他的理想。相比在国外长大，一路创业顺风顺水的 Martin，丁超的创业经历也是充满着草根的酸甜苦辣。

面对如何差异化竞争的问题，丁超向魏沉提出了一个大胆设想——把私家车纳入专车的队伍中来。

这一想法和魏沉不谋而合。

魏沉之前一直在思考如何动用更广大的资源来为出行提供可能，出租车数量毕竟有限，而和正规的车辆管理公司合作，又面临着很多条条框框，不自由。

如今丁超提出的想法，和魏沉的理念完全一致。

丁超说："专车表面上是要给人们提供更好的服务，更好的品质，更有面子的出行。但本质上，出行要解决的最基本问题是有车，第二是价格合适，第三才是舒适、品质。在尚未解决出行最基本的问题前，去追求品质，本末倒置。"

魏沉点点头："我同意。只是如果使用私家车，势必会造成别人认为你是黑车的信任问题。"

丁超说："大多数私家车都是普通人在开，没什么黑不黑的。即使少数所谓黑车，也是因为之前没有给他们机会"变白"，他们只能挂个黑户去赚钱。他们是这个城市最朴实的劳动者，大多是外地人，买一辆10万不到的小车，等交警城管下班了，就到地铁口、城乡接合部趴活儿。他们需要一个机会，而KK恰恰是在给这些"黑车"司机一个机会，让他们正规上岗，为人民服务。"

KK专车在首席专车面市一个月后推出。

推广的主力车型以帕萨特等商务车为主，但同时，也有"经济型"的选项，基本上是10万级别的私家车。丁超通过快速的地面运营，让不少私家车，以及所谓“黑车”加入了KK的阵营。

KK专车的价格在出租车的1—2倍。

同时，丁超要求南方各大区把人力集中安排在非省会城市，在小城市重点发展。

在江西赣州，KK的推广人员把宣传资料带去了脐橙批发市场，给果农们、批发商们，给帮忙运货的“黑车”司机推广KK专车。

在湖南株洲，夏天晚上各种龙虾馆的门口，KK的推广人员和吃龙虾的市民攀谈，给等着载客的“黑车”司机装软件。

浙江义乌，小商品市场门口不好打车的地方，变成了KK推广的阵地。连阿拉伯人经常光顾的餐馆门口，也见得到KK地推小哥用蹩脚英语介绍打车软件。

“农村包围城市”，丁超通过这样的战略，从小城市下手，在原本占劣势的南方地区建立了KK专车的巨大影响力。

小城市的推广方式还有很多，比如和当地手机运营商合作送流量话费，比如送超市卡，等等。这种推广方式看似占用成本，但是在KK全国整体的运营计划中，小城市的补贴本身就很少。在大城市打一次车的补贴要 22 元起步，而小城市只要 3 元。不少小城市的补贴往往五六元就可以封顶。

当 DK 在大城市每单补贴 23 元撒钱的时候，KK 在小城市以不到一半的成本，获取了更多的用户。

DK 则在 KK 占主导的北方大城市，逐渐通过出租车和首席专车两个产品，获得了不少大城市用户的青睐。

双方在全国的势均力敌依旧保持，并且在南北方的差异逐渐减小。

如果有一幅中国地图，可以看到在省会城市和主要经济城市，DK 的光芒格外耀眼，而在中小城市，KK 星星点点的光亮也不容小觑。

打车大战进入白热化，民众们享受着一波接一波的高潮。移动互联网像是从天而降的恩赐，将中国人上千年的传统、改革开放 30 多年的生活习惯瞬间改变。新新事物层出不穷，免费打车、免费坐专车、免费叫外卖……

在 DK 和 KK 争得你死我活的同时，新的对手也在悄悄靠近……

第二十回

打车大战停火
红包大战升级

当DK和KK打得起劲，首席专车和KK专车各自瓜分市场的时候，一位原本不属于这个年轻人战场的60后在仔细观察着这场战役，悄悄准备着自己的粮草。

他叫姚展龙。

姚展龙同时也在政府交通部门兼任一些职务，在他看来，一旦KK和DK真正成了气候，规范性将会是它们未来的软肋。

> **姚展龙**
>
> 生于1969年，福建人，北京科技大学毕业。全国最大的租车集团九州租车的董事长兼CEO。

姚展龙认为，使用正规、统一管理的车辆，和政府充分地合作，才是未来出行行业必须走的路。

在观战的同时，他也在思考、布局九州在租车以外的出行业务——九州专车。

姚展龙派下面人开始了对 KK 和 DK 的挖人行动。

KK 陕西省区域经理、辽宁省区域经理和一些技术、产品的中层管理者被挖走，而 DK 被挖走了董昭手下总部运营的几名重要中层，同时挖走了华东大区经理付学军。

付学军被挖走，让三方都很意外，这也是九州挖到的职位最高的大将。

郭发临时让汪华兼管付学军手下的上海、浙江和安徽。

汪华实际管理的省份扩大到包括江苏、山东、安徽、上海和浙江，汪华成为目前 DK 权力范围最大的区域经理。

董昭也临时提拔运营经理齐琳为总部运营总监，弥补他之前管的事情太多，无法放太多精力在总部运营的缺失。

齐琳对于每一次数据的分析都是运营团队中最客观理性的，而之前给董昭提出的一些运营策略也很合董昭的意。齐琳做运营总监后，董昭轻松不少，原本每晚开运营小会的时间，也多了半小时可以用来打得州扑克。

KK 那边被挖走的人，被丁超迅速补齐。

2014 年 8 月底，A 厂总舵手 Jack 在社交软件发了一条信息：

几天前，我妈和我说她在路上打出租车，很久没有车停下来。她说她们这个年龄的人不会用手机打车软件，不仅不能享受到“竞争红利优惠”，连起码的打车服务也没有了。我父亲说要不是我公司参与这个竞争以及看到很多年轻人喜欢，他早骂上门来了。

我觉得市场竞争的原则是要让市场受惠，让用户受益。不怕烧钱，更不怕竞争，但最怕伤害用户的利益，特别是老人孩子的利益。

这事还真得认真思考和对待。做打车软件的朋友们，你们还想打多久啊？建议你们坐下来喝杯茶，商量一下，下一步如何干得更智慧点。竞争千万不能伤及别人。

两个蛮汉打架，街上看热闹

齐琳

生于1986年，浙江人，浙江大学毕业。之前在几家互联网公司做运营经理，做事踏实，看重数据。

的人多，绝对不要认为别人在看比赛，别人是在看笑话。

一石激起千层浪，作为 DK 的投资方，Jack 对公众发布的这个信息，让 DK 颇为尴尬。既不方便认可，不然就是打自己脸；更不能“回怼”，毕竟是金主爸爸。左右不是人。

随之而来的，是各路媒体的“火上浇油”。Jack 的“吐槽”，被包括中央媒体在内的近百家媒体转载评论，两天后，一家主流报纸刊登了名为《烧钱并没有让人民更容易打到车！》的文章，而一家主流电视台播出了《打车大战，老人路边苦等，受益者到底是谁？》的调查报道。

KK 和 DK 陷入了舆论的口水中，无法自拔。

阮涛建议通过“做善事”来平息这次的舆论。

DK 开通了老人叫车热线，方便不会用 App 的老人通过电话叫车。胡伟带领产品和技术团队连夜加班，开发了 DK 盲人版 App。盲人用户可以通过盲人版的 DK 打车，更方便地叫到车。

虽然真正使用老人打车和盲人打车的用户凤毛麟角，但 DK 还是收获了不少舆论上的好评。

而 KK 方面并没有回应媒体的报道。

通过甄露以及投资人的层层关系，魏沉、甄露约 Terry 和董昭进行了几次的电话沟通。

8 月 31 日上午 10 点，KK 和 DK 同时通过 App、短信，以及主流媒体，发布了各自关于停止烧钱、停止补贴的“停战公告”。

双方表示从 9 月 1 日起，停止大规模的打车现金补贴。

“免费打车”的时代就此结束。

发布公告后一周，KK 推出了一个新的功能——红包。

乘客用 KK 打车结束行程后，乘客和司机都可以分享红包到微信群或者朋友圈。自己和朋友都可以抢红包，红包金额从 1 元到 5 元不等。

这一功能配合着幽默搞笑的文案和图片，迅速占领了微信朋友圈。

每天早晚高峰，工作群、同学群、家人群便开始被 KK 的红包刷屏。

这一项高效的激活、拉新方式，齐琳觉得很妙，在和董昭商量确认后，也被 DK 借鉴来使用。

DK 打车在结束行程后，也出现了相似的“分享红包”按钮。

一时间，KK 和 DK 的红包满天飞。

双方开始打通各种可能的“发红包”渠道——叫到车等待的时候发个红包分享一下，坐车的过程中发个红包分享一下，下了车付完款发个红包分享一下……与此同时还有各种第三方合作的打车红包——× × 商场专属打车红包，× × 产品专属打车红包，× × 明星生日专属打车红包……

总之，除非是打车非常多的人，不然每天的红包多到用不完。

但对于 DK 来说，发红包的好日子只持续了 1 周，微信就关闭了 DK 分享红包的接口。

DK 和 KK 的竞争忽然之间被关上了灯。

像宇宙飞船失去了地球指挥塔的电波，像电影放映厅失去了放映机的灯光。

用户接近 6 亿人的微信，是连接中国互联网用户的唯一最直接快速的通道。这条通道被锁死，就像在导航软件里选择了“不走高速”，接下来要面对的，必然是在低维道路上的穷追不舍。

微信是 T 厂旗下的当家产品，T 厂是 KK 的投资方，这种关系大家都心知肚明。能帮自己家的孩子，哪有帮别人家孩子的道理？

但是，该讲的道理还是得讲不是？

阮涛迅速组织公关团队通过媒体上演“苦情戏”，《不公平的竞争！》《微信双重标准：封杀 DK，放行 KK》《我也想有个微信爸爸》等文章迅速传播开来。

一周前，T 厂创始人 Pony 在深圳会见了魏沉和甄露。

Pony 说：“免费打车时代结束了，但是打车大战还没有结束。魏沉，你觉得战斗还要持续多久？”

魏沉苦笑，摇摇头：“这件事我的确无法预测，在目前的状况下，双方势均力敌，只能期待其中一方出现重大的失误，或者其中一方获得可以降维打击对方的武器。”

Pony 说：“你觉得，KK 有这样的武器吗？”

魏沉摇头：“目前还没有。”

Pony 说：“那你觉得，T 厂有吗？”

甄露瞪大了眼睛：“Pony，你的意思是，我们可以……用微信？！”

一向温和的 Pony，也对魏沉和甄露说出了这样的心里话：“春秋时期的宋襄公，准备和楚国决一死战。在楚国军队过河的时候，大臣就建议宋襄公，说楚国兵力强盛，歼敌于水面，才能胜利。宋襄公说这多不仁义，不行。就等着楚国的人都上了岸，在那儿列队。大臣说现在快打吧，宋襄公说这不仁义，人家队列都没列好呢，不能打。后来毫无悬念，宋国被打得落花流水，宋襄公自己也被箭射伤，次年死了。我们都不想做宋襄公，对吧？再一个，继续打下去，对国家，对出行行业，对用户，都不是好事。早点结束战斗，早点把更多的精力用在提升服务体验上，或许对用户才是最好的事。”

Pony 的默许，让 KK 在停止补贴后通过微信红包的独家使用权，占据了极大的优势。

无论 DK 的公关文章怎么写，微信不允许 DK 发红包这件事，都已是板上钉钉。

DK 紧急求助 A 厂，得到的答复是，可以在支付宝首页为 DK 留一个入口，同时可以通过支付宝发放 DK 的打车红包。

但是，作为一个电子钱包软件，支付宝和即时通信软件微信的用户活跃度不是一个量级的。

A 厂的帮助，杯水车薪。

在徐星辰退出 DK 后，DK 和 A 厂之间的联络更多靠 Terry 和 Joe 及 Joe 的手下沟通。

相比 Pony 多次亲自见魏沉，和魏沉谈心，DK 和投资人之间的关系似乎更冷静，也更生疏。

无论如何，在这样的环境下，还是要靠自己。

董昭想起了曾经无数个日日夜夜他所不屑的“走关系”“靠父母”而走得比他快、比他远、比他好的同龄人。他从未觉得那些人高不可攀。他觉得自己通过智力的优势，一定能站在比那些人更高的位置上。

董昭在微信封杀DK的那一晚没有打得州扑克。他召集全国的中高层管理者第二天来杭州开会。

“我们遇到了有史以来最困难的时刻。”

第二十一回

宣传攻势不减
增添新鲜血液

董昭表情严肃，一改以往的潇洒淡然。

在过去两年多的竞争里，无数次死里逃生，以小胜大的案例，让今天壮硕的DK和KK深知生存的不易和偶然性。

如今，DK面临的是恐龙灭绝式的危机。

“缺少了微信这个渠道，流量被堵住了相当大一部分。”董昭说，“我们目前能做的，只有依靠微信以外的宣传渠道，以及加强线下的推广和运营。”

董昭伸出手掌指向了会议室最后一排，大家回头看，是一个新面孔：“来自JP中国的王征，刚加入DK，担任市场总监。”

“王征会把我们的各渠道市场疏通起来，条条大路通罗马。没了微信，希望可以找到更多的方法。”董昭严肃地说。

“另外。”董昭看了看前排的郭发，“老郭，线下有没有什么办法？”

郭发站起来说：“董昭，咱有办法要上，没办法也要创造办法上！我们线下团队义不容辞！”

说罢转身对着所有与会同事说：“××的KK，抱着投资方大腿，断了我们发红包的路。没关系，当年八路军在鸟不拉屎的偏远西北，不也照样打败了拥有主流信息通道的国民党？所以这都不重要，他不让我们发微信红包，我们就发真的红包！每个火车站、飞机场、加油站、地铁站，只要我们够得着的地方，只要还没有被城管和保安赶跑的地方，我们就坚持发红包！发到干死

王征

生于1983年，江苏人，上海交通大学毕业。之前有8年外企市场工作经验。

KK 的那天为止！”

全场掌声雷动，董昭终于露出了一丝笑容。

“另外。”郭发坐下后，董昭接着说，“过去两年，我们的人才，是一批能战斗的，有经验和胆识的人。但目前的竞争，除了胆识，我们也需要策略和智慧。乱世之枭雄，治世之能臣。现在还不敢说是治世，但后备人才我们也应该准备起来，面对未来可能更大的扩张。我打算招一批管培生。”

目前 DK 的管理层，包括董昭本人在内，不少都是当年外企的管培生，他们当然了解这一模式。只是互联网公司，尤其是移动互联网公司的“管培生”，还非常少见。

董昭接着说：“大学生就业都讲究金九银十，趁着现在九月底，我们组织一系列全国的校园招聘会。招聘会选在几个重点城市的最高学府，北京在清华大学，上海在复旦大学，武汉在武汉大学，杭州在浙江大学，广州在中山大学，南京在南京大学，西安在西安交通大学。这次招聘会的总负责人是钱峰。”

说干就干。

新的市场总监王征起用了半年前入职 DK 的市场策划

专员刘子凯来策划 DK 打车的系列广告。

刘子凯给王征出了几个剧本，结合广告公司出的方案，王征为电视、视频网站、微博等选定了一系列广告和病毒视频。由刘子凯前往北京和拍摄团队对接，迅速执行拍摄和后期。

同时，王征通过咨询公司 EG 的第三方数据，对外公布了 DK 的市场份额——市场占有率接近 60%。

并借着数据的发布，打出了 DK 最新的市场宣传口号："做快乐的大多数！"

《大多数人都在用 DK，一起来做快乐的大多数吧！》通过各大媒体被转发。

刘子凯在北京监制的一系列宣传片也进入尾声，不断投入市场。

由于传统的互联网企业通常

刘子凯

生于1986年，陕西人，中国传媒大学毕业，之前3年在杭州都市报做记者，来到DK后为公司拍摄了打车大战期间的几部纪录片。

很少投放电视以及视频广告，这一波视频的冲击也让 DK 的出镜率大大提升。

相比 KK 每天只通过红包形式和用户交流，DK 的形象变得更鲜活了起来。

KK 不甘示弱，寻找了另一家咨询公司 CT，他们调查显示，“KK 的市场占有率接近 75%！”

于是 KK 也回击式地公布了这一数据，并配以市场宣传标题《4 个小伙伴，3 个用 KK！》

于是，双方不仅市场宣传此起彼伏，连公关团队也加入了战斗，相互揭露对方数据的“不真实”。

口水仗正酣，郭发的地推团队已在全国排兵布阵。几百万印刷品已在各大区就位，打车大战时最有战斗力的人员被送往“前线”。

印刷成红包模样的小卡片被夹在了停车场每辆车的雨刮器下，被插在快捷酒店的门缝里，被放在夜宵摊的牙签盒旁边。

卡片正面印有“DK 打车红包”字样，反面有一串字符，在 DK 打车输入可以获得 1—5 元不等的打车红包。

在正面战场，郭发的团队在各城市人流量大的火车站、地铁站等地方和官方合作获取推广位，老用户“促活”和新用户“拉新”同时进行。

有时面对同样在推广的 KK 地推人员，双方剑拔弩张，时不时擦枪走火。

有过几次的地推冲突事件，但双方都没有将其扩大。

郭发通过这次全面布局全国的地推，不仅让 DK 从之前的微信困局中有所突围，市场占有率有一定的回升，也让“郭大将军”的威信大大加强。不仅全国千余人的地推团队唯郭发马首是瞻，在公司管理层内部郭发也具有了仅次于 Terry 和董昭的威望。

校园招聘会如期举办。第一场在清华大学，主讲人就是北京天津大区经理钱峰。

钱峰之前在新东方教过英语，也主持过公司内外不少活动，招聘会的演讲自然不在话下。

虽然面对的是中国最高学府的毕业生，钱峰举重若轻的谈吐，让气氛沉稳而灵活。相对众多靠胆识和勇气在这个公司成长的人，钱峰的“得体”让还未走入社会的学生们更觉得舒服自然。

钱峰说：“人生有很多重要的选择时刻，找工作是其中一个。当年我毕业时，最优秀的同学去了国企，像我这样差一点儿的，去了外企，大家都叫 Mary、Jacky 什么的。那种两边都没找到工作的，也不想考研出国的，就去了 BAT。”全场爆笑。

“风水轮流转，昨天大家趋之若鹜的，可能是今天的鸡肋。眼界放宽一点儿，也要放长远一点儿，以时间的维度去看每一个机会。当年被人挑剩下的 BAT 的工作，现在成了大家都仰望的好工作。如果你想找到下一个 BAT，为何不现在就加入 DK？”钱峰讲话结束，全场报以热烈的掌声。

招聘会在全国几个城市都顺利地进行着，钱峰和董昭从上千份简历中选取了 32 人进入最后的面试。

面试地点在杭州龙井，一个山坡上的花园餐厅。

面试官有董昭、钱峰、财务总监 Ben 和西南大区经理朱温良。

面试的第一关是群体讨论。32 人被分成四组，一次只有一组人在房间内。

面试官给这一组一个话题，让其自由讨论，并在有限时间内得出一个共同的结论。

这种“群面”，考查的是一个人在群体中的领导力、反应力、思考能力、合作能力以及在逆境中挽回局势的能力。

往往一开始先表达观点，表达方式咄咄逼人的，即使观点再有道理，也不见得是面试官最终打分最高的选手。

这32人中，有来自清华的4人，北大3人，浙大7人，南京大学3人，复旦1人，上海交大1人，同济1人，中山大学2人，华南理工1人，武汉大学1人，华中科大2人，西安交大6人。

经过四轮辩论和总结讨论，董昭对其中几个学生印象深刻：清华大学的费咏鹏，西安交大的王思颖，浙大的王莉等。在第二轮单独面试中，他们也都脱颖而出，成为最终选定的12名管培生之一。

在面试结束后一周的周一早上，原本到公司就早的董昭发现有人比他更早来到了公司，是上周面试中来自西安交大的楼秦。

虽然楼秦在面试中的表现并不突出，但董昭之前也有耳闻他在大四时退学的事情。楼秦因为不想继续在国防生的要求下进入体制内工作，选择了放弃大学学历，以自己的高中文凭找工作。

董昭虽然有名校情结，但对于年轻人清楚自己要的是什么，选择自己想要的人生，还是充满认同的。

董昭请楼秦来到了自己的办公室，“楼秦，这么早来找我，有什么事？”

楼秦苦笑一下说：“董总，您也知道，我从西安交大的宣讲会结束后和您的交流开始，就对DK充满着向往。我希望能来到这家移动互联网公司，发挥自己的能力。您，是不是因为我的学历问题？”

“哎，还真不是这个原因。”董昭笑了，“你退学这件事，我倒觉得挺牛的！”

楼秦有点意想不到。

“只是。”董昭说，“在当时的群体讨论中，我没有看到你第一个发言，也没有看到你主动出来反对一些有

楼秦

生于1992年，陕西人，西安交大国防生肄业。

明显错漏的观点。你做得不够突出。”

楼秦叹了口气：“我知道，在那么多清华、北大毕业生的面前，我确实显得有点儿怂。但是，我一直在把小组往更加统一的方向上去引导，给队友以鼓励，对争论我也会尽量帮助大家达成一致。或许，这是我目前的能力唯一能做的。”

董昭点点头。

楼秦接着说：“希望您可以给我一次机会。正是因为过去不够好，才让我今天迫切地想加入 DK，和很多比我强的人一起工作。同时，相信我能让团队发挥更大的力量。董总，您可以再给我一次机会吗？”

董昭笑笑，像看到当年的自己：“来吧，下周和他们一起来！”

第二十二回

双方粮草先行
决战一触即发

2014 年年底，中国的房地产市场一片萧条。

尤其杭州，从 2011 年年底开始，房价连跌 3 年。开发商各种打折降价，还是无法吸引买家的热情。

但是和 2013 年不同的是，2014 年年底，杭州的售楼处多了很多外地买家，以上海人为主。

春江水暖鸭先知，有时并不是这样的。

在后来 2016—2017 年的房价大涨中，人们回头看当时最有眼光的投资者，恰恰大多是来自外地的。

杭州被“跌怕了”。在 2011—2015 年的长时间滞涨中，杭州人对自己的房地产市场失去了信心，觉得“杭州反正都不会涨”。反而是没有历史包袱的上海人抓住了机遇，比如知名房地产公众号的博主“二小姐”就是2015年从上海来杭州买了十几套房子的赢家。

这种现象在互联网投资界也存在。比如当年初创的A厂和T厂，不少重要的投资都来自美国、日本甚至南非。而国内的资本拥有者却在最初没有看好这些未来的巨头。

DK和KK也一样，在国内媒体怀疑、批判，恨不得这种烧钱的公司马上倒闭好印证小编观点的时候，来自国外的投资跟合作从未停止。

继上一轮融资后，美国和日本的投资者也在不断和KK、DK双方接触，寻求下一轮的投资机会。10月底的一天，一个皮肤黝黑的华人模样的人走进了DK杭州Terry的办公室。周围的同事觉得此人眼熟，但就是不记得在哪儿见过。

直到有人翻出了早上的科技新闻《东南亚打车软件GT的快速成长》，对着照片才发现此人就是GT的创始人Andy Tan。

Terry和Andy一上午的闭门沟通，主要是讨论双方在竞争、融资等方面遇到的共同问题和解决方法。

Andy说，在东南亚，GT打车遇到的最强大对手是美国的打车软件UB。

UB是诸多打车软件曾经共同的对手。诞生于美国，推广到全球，UB 是目前全世界认知度最高的打车软件。

然而，在东南亚，Andy 的 GT 打车也给 UB 上了很好的一课。

东南亚摩托车盛行，于是 GT 打车把印度尼西亚每个载客摩托的司机都作为推广对象，为他们安装软件，还有泰国的三轮“突突车”，也被纳入了 GT 的运营范围。这种接地气的交通工具，在 UB 看来是“不安全的”“荒唐的”。于是，UB 只能在汽车领域和 GT 竞争，Andy 和他的团队找到了他们自己的生存之道。

在中国 UB 虽然也开始在几个核心城市尝试运营，但目前可以说对 KK 和 DK 毫无威胁。在 UB 打车的中文版软件里，“home”（家）竟然被翻译成了“主页”，可见 UB 对中国市场的轻视和傲慢。

中国目前的市场，还是 KK 和 DK 的两强竞争。但 GT 在东南亚遇到的“UB 入侵”，Terry 认为也值得 DK 警惕。

同样，关于如何拿到来自巨头的投资，这一点是 Andy 向 Terry 请教的问题。

随后几天，来自印度的打车软件创业者也来到杭州见 Terry。

Terry 用他的国际化背景，吸引了更多的国外合作者。

相比而言，KK 更加专注于中国。由于有 T 厂对 KK 的大力支持，魏沉在接下来的融资方向上，还是更倾向于国内的投资基金，以及 T 厂的增投。他和甄露、James 一起，去和投资人畅谈 KK 的理念和目前的市场状况，争取获得让 KK 可以在决战中胜出的支持。

有了甄露和 James 的帮助，魏沉在谈判融资的专业度上有了明显的提升。投资人既被魏沉的雄心和气场所折服，也被 James 提供的专业数据和财务报告所信服。

在上海，Martin 有很长一段时间无所事事。首席专车的运营主要由申颂萧在负责，Martin 每天清闲得很，时不时回香港待几天。

10 月底，董昭和 Terry 在管理层会议中表示希望开拓市场，第一站毫无疑问是香港。

11 月，Martin 回到香港，组建了一支 6 人的小团队，开始了 DK 打车在香港的推广。

不到半个月，香港已有几百辆出租车安装了 DK 打车司机端 App。

不管怎样，“DK 进驻香港”，这件事的宣传意义或许大于实际使用意义。

DK 在资本国际化、合作国际化，以及业务国际化上，都走在了 KK 前面。

11 月，KK 的“在路上”管理会议在北京附近的坝上草原举行。

魏沉已经很久没有这样的机会跳出工作，好好思考了——虽然说“跳出工作”也是假话，“在路上”本身也是工作的总结回顾。

深秋清冷的北方大地上，苍茫，宁静，无边的草原。

会议厅里，魏沉听取各部门负责人关于工作进度的报告。在每个人结束报告后，有 10 分钟的“拍砖”环节，与会的所有人可以针对报告人所讲的内容，提出意见和建议，但要求报告人不准反驳。

丁超的发言激情洋溢。

“我们面对着史无前例的激烈竞争。我们的每一个地推的同事，每一个司机，每一秒钟为乘客的每一次出行所付出的努力，都在决定着这场战争的胜利或失败。我们当然要赢，并且必须赢！ KK 打车和 KK 专车，一定会成为出行领域唯一的名字。希望明年此时，我们都不会再看到 DK 这两个字，我们将在一年内结束这场战争！”

丁超的讲话收获了热烈的掌声，举手发言的同事，也大多表达了支持的想法，没有批评意见。

最后一个发言的是James。除了针对业务向大家做报告，James第一次公开提出了“和DK合并”这个敏感话题。

毕竟是战场上杀红了眼的敌人，这个话题虽然大家都有过考虑，但拿出来一起讨论，还是第一次。

“从情感上来说，我当然理解。DK这个对手，从2012年和我们打到现在，我们每个人都对他们充满了愤怒和杀死它的决心。谁对自己最大的敌人不是这么恨之入骨呢？但是各位，我们竞争的目的是什么？投资人为KK投入如此巨大资金的目的是什么？是为了让我们解决对方，还是要我们做大、赚钱？如果是后者，那么是否有比打光最后一颗子弹更好的方法呢？如果我们和DK的合并，能让这个目的早一天达到，为何要排除这个选项呢？”

草原的夜晚，白酒，烧烤，明月，一群狂欢的创业者躺在冷冷的草地上。星空在酒醉后有些打转。

是丁超说的“打到底”，还是James提出的“合并”，魏沉和甄露都没有给出答案。

或许大家心中已有答案，但明天太阳照常升起，和DK的战争，在魏沉喊下“停”的那一刻之前，还会继续。

阳澄湖的大闸蟹上市了。

DK 的全体员工，乘坐十几辆大巴，从杭州前往阳澄湖畔。

虽然已是深秋，却依然细雨绵绵，还好公司给大家发的衣服都是防水的冲锋衣。

阳澄湖畔的团建活动进行了整个下午。被分成 10 组的员工在泥地里搭建“杠杆水炮”，建造“塑料房子”以及用激光枪“真人 CS”。

虽然嘻嘻哈哈，但这些活动既讲究配合，也讲究结果——要让自己多得分，对方少得分，才能胜利。

晚上，几千只螃蟹摆在后厨，准备下锅。

大礼堂坐满了来自全国各地的 DK 员工，主持人是钱峰和市场部的董小安。

在邀请董昭致祝酒词时，董昭从下面一个跨栏式的跳跃跳上了舞台，举着酒杯说：“创业，就是要不走寻常路！”

台下一阵掌声。

“今天给大家每人准备了两只大闸蟹，虽然不多，还是祝大家吃好喝好！”董昭举杯。

台下充满着欢乐的气氛，似乎是一场提前的庆祝，庆祝打败了 KK，DK 夺取全国胜利。

郭发在台上向全体同事敬酒时，台下爆发出了前所未有的热烈欢呼和掌声。

郭发倒满一杯红酒，拿着话筒说:“各位同事，兄弟姐妹。过去的两年，我们共同经历了一场场的大小战役，从几个城市，到几百个城市；从火车站、飞机场，到写字楼、演唱会；从无数个对手，到剩下最后一个对手。我们不怕苦，不怕委屈，不怕对方对我们的打击。因为我们相信自己，也相信 DK，我们相信有一天，和我们的家人说起全国最牛的那家打车公司时，我们可以骄傲地告诉他们，是我们创造的！”

掌声雷鸣，郭发也很激动，把酒杯高高举起：“兄弟们，姐妹们。今天，我们在阳澄湖吃大闸蟹，明年，我们要去北京吃涮羊肉！我们要做历史的创造者，我们要做最后胜利的那一个！大家说，好不好？”

“好！”全场声音分贝爆表。

“那么，”郭发说，“让我们再喊一次，那句我们每次大战前都要喊的口号吧。”

郭发清了清嗓子：“我们的目标是？”

“干死小 KK！干死小 KK！干死小 KK！”

阳澄湖畔，欢乐的气氛包围着每个人。在 2014 年结束前，双方通过自己的方式把情绪提升到了顶点。

一场预料之中的决战将一触即发。

所有人都兴奋地期待着那一天的到来。

第二十三回

将士军容齐整
不战意外合并

转眼迎来了2015年。

都说互联网从业者过的是“狗年”——以狗的寿命来说，狗的1年相当于人类的7年。互联网业变化极快，每年生生死死无数公司，能在这个行业中生存，1年过了别人7年经历的，也不足为奇。

冬天的北京，长安街上人们穿着厚厚的羽绒服，戴着口罩，行色匆匆。

春季沙尘暴，夏季炎热，秋天秋高气爽，却要迎来雾霾和寒冷的冬天。

没有一个季节是完美的，如果有，那么它不会是长久的。

何金燕

生于1976年，河北人，毕业于首都经济贸易大学。十几年来从基层HR一直做到总监，是以前魏沉在A厂时的部门HR负责人。

Tommy

生于1984年，四川人，毕业于剑桥大学。曾在多家外企市场部工作，最近一份工作是在国内一家广告公司任创意总监。

两家公司新一年的人事任命调整也在这时公布了。

KK任命了前“去这儿网”人力行政总监何金燕为KK的人力行政VP，任命Tommy为市场总监。

DK也任命了人力行政总监倪悦璇。

除了以上新增的管理人员，KK和DK也分别提拔了一批管理者。

KK将谢林、任威分别升任为VP（副总裁）。任命原东北大区经理阮海莉为销售总监。

而DK将陈望升任为CTO，将郭发升任为“高级副总裁”，将钱峰升任为区域运营 VP。同时给 Martin 一个 CSO（首席传略官）的头衔，申颂萧正式担任首席专车总经理。

人员变动之后，是和谐的一个月时间。两家公司的员工们都沉浸在即将到来的春节假期的喜悦中，竞争虽然照常进行，却早已成为每个人习以为常的生活的一部分。

KK 方面目前的阵容是：

CEO 魏沉

COO 甄露

CTO 班忠

运营及专车 VP 丁超

战略及出租车 VP James

区域运营 VP 谢林

区域运营 VP 任威

人力行政 VP 何金燕

产品总监 王洛

销售总监 阮海莉

市场总监 Tommy

DK 方面的阵容如下：

CEO Terry

COO 董昭

CTO 陈望

CSO Martin

区域运营高级 VP 郭发

技术 VP 刘竹

区域运营 VP 钱峰

公关 VP 阮涛

首席专车总经理 申颂萧

商务总监 杨辰丽

市场总监 王征

运营总监 齐琳

人力行政总监 倪悦璇

倪悦璇

生于1977年，山东人，毕业于北京体育大学。在A厂有10年HR经验，后和朋友合伙创业。

为了弥补 DK 在产品上的短板，董昭在 1 月底面试了一位来自深圳T厂的应聘者，徐刚。

徐刚和董昭都是河南人，这一点徐刚早有准备，虽然没有夸张到用河南话问候，但还是不经意间提到了不少胡辣汤、烩面、洛阳之类和董昭家乡相关的内容。

董昭则更多和徐刚聊大的思路和做事的方法，这一面试方向，刚好避开了徐刚相对薄弱的产品技术能力。

于是，徐刚开始讲述自己从河南农村开始的逆袭故事。

生于河南农村的徐刚小时候没怎么讲过普通话，到成都上大学后，虽然本地人也不会讲普通话，可是在学校里和同学交流，他的口音让他有点儿不敢开口。

一次班会上，班主任老师让同学们通过自荐选班委。当学习委员的职位被老师写在黑板上时，徐刚的手被隔壁同学开玩笑地举了起来。

老师点名徐刚，徐刚竟然走上了讲台，开始了他人生中第一次对这么多人的讲话。

徐刚

生于1986年，河南人，电子科技大学毕业。研究生毕业后一直在T厂从事产品运营工作，在T厂的4年里连续获得优秀员工荣誉。

讲完回到座位上时，徐刚已经不记得自己讲了什么，只记得从讲台到座位的一路都是充满掌声的——过去他从未听到过那么多人为他鼓掌。

从那以后徐刚就当上了学习委员。

大学四年，徐刚还在校外开过补习班，也算是尝试过“创业”。

加入 T 厂后，徐刚凭借着快速的学习能力和良好的人际关系，迅速成为团队的核心人物。

努力工作加上主动接受新的挑战，让徐刚连续 4 年获得集团的优秀员工荣誉。

一个河南农村少年，转眼间变成了深圳最好公司里的优秀员工。

董昭听完徐刚的故事，似乎看到当年从河南考到浙大的自己。如果说董昭的脱颖而出是靠他思维的优势，那么徐刚的成功更多是靠情绪的控制。

徐刚在遇到贵人时总能表现出超出常人的耐性和亲和力。

大学时的老师后来推荐徐刚保研，T 厂的领导带着他从一个毕业生成为业务骨干。

董昭觉得徐刚的自控力和灵活程度和其他的产品经理很不同，决定请他来做 DK 的产品总监。

2 月 13 日，DK 员工的手机同时收到了一条短信："您尾号为 ×××× 的卡片收到 ××××× 元（奖金）。"

没想到年终奖比预期的要多得多！

不少人发朋友圈表示"交税交到心痛"。

过年前冷冷的冬季，充满着喜悦。

这一天，有媒体报道"KK 和 DK 在计划合并"。双方公关团队立马辟谣："并无此事。"

KK 内部聊天群里，员工们对"假新闻"表示不服："合并？等着我们把 DK 吞并还差不多！"

DK 的聊天群里也很热闹："你会和不共戴天的仇人合并吗？搞笑的媒体小编。"

2 月 14 日。

情人节。

DK 细心的同事发现董昭没有像往常一样早早来到办公室，Terry 也没到。

KK 的魏沉和甄露倒是比以往都早地到了公司，连同班忠、丁超、James 等人一起进了会议室没出来。

上午 10 点，DK 和 KK 的员工同时收到一封邮件，内容竟几乎一致。以下是邮件内容：

各位KKer（DKer）：

今天是2015年情人节，是浪漫的日子。马上要过年了，不少兄弟姐妹已经回到家里，也是团圆的日子。

今天，我很开心地向大家宣布，我们会结束两年来激烈的竞争，和昔日的对手DK（KK）合并，携手迈向共同的出行梦想。

1月21日，我们和DK（KK）的主要负责人在深圳启动了一个秘密项目：情人节计划，22天后，我们做到了。

2012年，我们怀揣“移动互联网，让出行更美好”的梦想出发的时候，我们没有意识到我们将面对互联网历史上最残酷的竞争、最严厉的监管、最复杂的巨头和资本博弈，以及最高频的媒体曝光。两年半时间，我们时刻面对死亡威胁，感谢大家，KK（DK）一次次生存了下来，并且在不断创造奇迹，刚过去的2014年，我们打响了震惊全国的营销战役，刷新了非上市公司融资纪录，专车战役推动了冰封几十年的行业改革……

我们一直在努力，朝着梦想的方向！中国也因为有我们这群充满梦想的年轻人，出行越来越美好！

为了出行梦想，我们除了要有决战的勇气，也要有合并的胸怀。

合并后我和DK（KK）的Terry（魏沉）会任CO-CEO，甄露任总裁。未来过渡期，完成业务整合、团队整合。

打则惊天动地，和则恩爱到底！

这次合并创造了三个纪录，一是中国互联网历史上最大的并购案；二是最快创造了一家中国前十的互联网公司；三是整合了两家巨头的支持。

我们和DK（KK）走到了一起，还拉着T厂（A厂）和A厂（T厂）走到了一起，一定有很多人惊呼，又相信爱情了。

邮件先给大家报喜，随后会正式对外宣布，算是我们送给全国人民的情人节礼物吧。

合并结束，出行梦想的伟大征程刚开始！兄弟姐妹们继续加油，期待下一个奇迹！

祝大家情人节快乐、新年快乐！为大家骄傲！

你们的CEO魏沉（Terry）

这封邮件让所有人都惊呆了。

原来在上个月，KK的魏沉、甄露和James，DK的Terry、董昭以及双方的投资人郭自立、高文等在深圳见面，关于“合并”进行了谈判。

当然这不是第一次双方就此进行的商议，只是这一次，基本上确立了具体的合并计划和今后的蓝图。

当2月13日员工们收到年终奖欢庆的时候，双方知道“合并”这件事的人应该不超过20个。

多么意外的情人节。

办公室的员工们窃窃私语，在猜测这次合并到底谁占上风，谁被“收购”。

区域地推的同事更是无助，原本每天横眉冷对恨不得打架的双方地推人员，今后要成为“一家人”？想想都要打个冷战。

何况彼此没少喊“干死××”之类的口号。

这一天，魏沉和甄露在中午前来到办公区，以一个胜利者的态度向全体员工再次宣布了合并以及今后的发展。

而Terry和董昭直到下午才出现在办公室，直接走进他们自己的房间没有出来。

这一天，多少商家提前做了各种各样的预案来准备他们的情人节促销，却没想到头条竟然被两家科技公司抢去。

这一天，多少男男女女走到一起或分开，却没有一个人像徐星辰那么难过和伤心。

这一天发生的一切，在很多年后回头看，依然是一个不可思议的奇迹。

第二十四回

人事巨大变动
UB 趁机奇袭

情人节的下午，徐星辰打了十几通电话给董昭，董昭都没有接。

徐星辰来到董昭办公室，直接推门而入。

董昭正坐在椅子上，表情放空，没有了往日的锐气。看到徐星辰来，长叹一口气，并没有说什么。

“干吗把公司卖了？”徐星辰拍着桌子说。

“是合并。”董昭不想多说。

“老子辛辛苦苦创立的公司，你就这么给卖了？”徐星辰越说越恼火。

“当年是谁把传单一个一个发给路人？是谁给一辆一辆出租车装软件，是谁在全国各地打仗？”董昭手指向徐星辰，“是你吗？”

董昭站了起来，接着说：“是，我很感谢你在我最困顿的时候收留了我，把所有的项目都和我商量。但是，DK 这个项目是我们一起创造的，我从它的出生就一直陪着它，我对它的感情不比你少。”

徐星辰说：“你就这么把它卖了？你对得起和我们一起创立 DK 的人吗？对得起胡伟，对得起陈望吗？”

董昭说：“这是董事会的决定，我想，合并这件事，对大家都有更多的好处。当然，我承认在情感上，没能让 DK 打败 KK，称霸全国，这是一个遗憾，但人生不就是由一个又一个遗憾组成的吗？”董昭拍拍徐星辰的肩膀，“往前看吧，兄弟。”

过年前几天，虽然魏沉和甄露没有明说，但 KK 员工已经渐渐感觉到了胜利者的氛围。各部门领导跟员工讲得最多的是“包容 DK 的同事”。

而 DK 方面，大家也渐渐发现了 Terry 和董昭越来越少出现在公司。直到有一天，Terry 召集持有期权的员工（大致占 DK 总部员工的一半）来到会议室，给大家宣布了期权兑现的规则：公司允许员工在这段开放时间内将自己的期权售卖给公司。愿意继续持有期权的员工，也将继续拥有期权的相应权利。期权在合并后会和 KK 公司的期权统一成新的期权。

总之，DK 为员工的期权行使提供了多样的选择。

相比而言，KK 方面除了早期少数老员工，大部分员工都未曾获得期权授予。当听说DK的期权都已经可以兑现时，不少员工有怨言。

在匿名的职场软件“小秘密”上，不少人表达了对 KK 的不满。

“看人家 DK，虽然输了竞争，但赢了人心。”

“KK，什么时候学学你的手下败将，也给咱们员工发点期权啊。”

“要不是看在我们收购了DK，真打算现在就跳槽过去。”

年前，合并后的新公司公布了现有管理层新的职位安排：

DK 原团队，拆分为代驾事业部和商业事业部两个团队。

其中代驾事业部主要由原 DK 总部团队组成，钱峰担任总经理兼集团 VP，向魏沉汇报。

商业事业部由北京研发中心团队及 KK 的销售团队组成，刘竹担任总经理兼集团 VP，向魏沉汇报。

KK 原团队，分出专车事业部、企业用车事业部、巴士事业部、出租车事业部。

专车事业部由丁超担任总经理兼集团高级 VP，上海的首席专车团队加入 KK 专车团队，申颂萧向丁超汇报，丁超向魏沉汇报。

企业用车事业部由谢林担任总经理兼集团 VP，向魏沉汇报。

巴士事业部由任威担任总经理兼集团 VP，向魏沉汇报。

出租车事业部由 James 担任总经理兼集团高级 VP，向甄露汇报。

业务线也被打通。

人力行政 VP 继续由何金燕担任，向甄露汇报。

倪悦璇任代驾事业部人力行政总监，向何金燕汇报。

公关 VP 由阮涛担任，向甄露汇报。

市场商务总监由 Tommy 担任，向甄露汇报。杨辰丽和王征都向 Tommy 汇报。

阮海莉在商业事业部任市场销售总监，向刘竹汇报。

徐刚和齐琳在代驾事业部分别任产品总监和运营总监，均向钱峰汇报。

郭发任运营高级 VP，并且继续统领原 DK 地推团队，支持钱峰的代驾业务，向钱峰汇报，虚线向魏沉汇报。

王洛任集团产品总监，向CTO班忠汇报。

甄露任总裁，魏沉任CEO。

公布的人员安排中，没有提到Terry、董昭、Martin和陈望的安排。

事实上，合并后的这家暂时叫作KKDK的公司，变成了由原KK管理团队作为主体，同时拆分为多个事业部的出行集团。

原DK团队被主要分在了钱峰带领的代驾团队和刘竹带领的商业团队中。

垂直业务的主要负责人也主要来自原KK管理团队，除了公关的阮涛。

这一安排，让所有员工也都明确得到了KK作为合并主导方的信息。

同时，让原DK团队继续由钱峰、刘竹带领的这一做法，也让大部分DK老员工心理上不会太难接受。

不得不说魏沉和甄露是具备高情商和智慧的。

反观若干年前的两大视频网站合并，至今仍然品牌分开，管理混乱。

或许 KK 管理团队正是吸取了这一经验，才让 DK 的融入没有那么难。

春节当天，央视春晚开始前半小时，KK 和 DK 的广告如约而至。

这两部广告都拍摄于合并之前一个月，当时市场部也并不知道要合并，所以内容还是偏向于竞争。

刘子凯在家里电视中看到自己去北京监制的这部 DK 广告，想到今后可能再无 DK，觉得有些伤感凄凉。

春晚热热闹闹，而广告似乎只是为了给经历了这些年竞争的参与者们一个安慰性的拥抱，似乎在说："不用打仗了，但你们做得很棒！"

在包括 KK 和 DK 员工在内的所有中国人都团团圆圆过年的时候，有一家公司却没有休息。

趁着"情人节计划"让 KK 和 DK 停止竞争、补贴减少的时候，来自美国的 UB 打车正在实施他们的"中国计划"。

大年初一，不少人收到了 UB 的"优惠码"——"用 UB，半价打车！"

UB 之前在中国只开拓了七个城市，分别是北京、上海、广州、深圳、杭州、成都、武汉。

在大年初一，UB 将中国的城市拓展到了九个，增加了南京和重庆。

跟 UB 合作的大多是私家车车主。或许是由于 UB 作为外企本身调性的特别，第一批车主大多是喜欢外国文化，相对干净有礼貌的城市白领或中产，车辆有不少都是车主自用的豪华轿车。但价格一律按照 UB 制定的 10 元起步，每公里 1—2 元不等。这样打完折后，5 元钱就能坐一次车，的确十分划算。

逐渐地，这九大城市的白领开始相互转发优惠码和注册邀请码，原本在中国市场份额不到 1% 的 UB 打车，正趁着 KK 和 DK 的蜜月期，开始燎原。

过完年，当新的 KKDK 团队正在努力和彼此融入的时候，两件棘手的事出现了。

第一件事是 UB 通过一个月的渗透，已经在九个城市获得了超过 30% 的市场份额。

第二件事是，原本已经退出竞争的 DY 用车，起诉 KKDK 涉嫌垄断。

同时，公司内部也遇到了一些问题。

代驾事业部的齐琳提出转部门到北京刘竹手下的商业事业部。

杨辰丽不愿意向 Tommy 汇报，选择离职。

王征同样不愿向 Tommy 汇报，争取到了直接向甄露汇报的权利。

人力行政方面，倪悦璇表达了对向何金燕汇报的不接受，但被驳回，暂时接受管理代驾事业部的人力行政工作。

内忧外患，魏沉和甄露要面临新忧旧患。

相比而言，Terry、董昭、Martin 和陈望可谓快乐似神仙。

他们手中的 DK 原始股份被 KK 收购，几个人都变成了亿万富翁。

还有胡伟，这个早期获得了公司 0.5% 股份的小人物，资产也迅速上了千万。

相比打车大战的“胜利者”KK，他们似乎更让人羡慕。

听说董昭他们已经实现财富自由，原来的老同事们既羡慕又嫉妒。

人往往易共苦，难同甘。

当年一起飞机场、火车站装软件的时光历历在目。那时不管是 COO 董昭还是任何一个普通地推人员，更像兄弟手足，从不觉得彼此之间有距离。

而如今，面对着财富忽然上了10亿的董昭，当年一起打拼的兄弟，有点儿迷茫。

董昭也渐渐远离了原来的圈子，不少时间在澳门打得州扑克，或者去香港生活。

Terry也和家人搬去了香港，偶尔回杭州找几个老朋友吃吃饭，朋友圈不再更新。

Martin继续留在上海创业，开始做一个互联网保险项目。

陈望什么都没做，原本瘦弱的他开始每天健身，时不时和几个大咖去国外滑雪、潜水，俨然成为一个运动达人。

而胡伟，没有别的想法。因为还有不少DK期权没拿完，决定继续留在代驾事业部“混日子”，安心做一个产品经理，向徐刚汇报。

讲到这里，打车大战似乎告一段落，之前的不少主角已经退出，离开了故事的主线。

但，也不一定，或许他们还会回来，或许，还会有更精彩的故事等着他们。

目前，KK和DK的故事，已经变成了KKDK的故事。

魏沉和甄露将面对新的组织问题，和新的竞争对手。

2月底，阮涛针对DY的起诉，通过媒体进行了还击。一针见血指出DY“嫉妒”KKDK的发展。并回击黄洲，称对方的业务过于“国企化”，缺乏创新，没有尊重市场。“垄断”的声音在阮涛的公关还击中渐渐消失。

3月初，魏沉组织公司管理层开了一次会。会后，一间大会议室被征用，门外贴着两个大字——“战狼”。

第二十五回

双方首次大会
卧底意外现身

过年后的第一次“在路上”，也是 DK 融入 KK 后的第一次“在路上”。

3 月的北京郊外，酒店的会议室比以往的大了一倍。

这次与会的有原 KK 管理层 32 人，原 DK 管理层 20 人。

周五上午，当大巴开到酒店门口时。大大的主题板上印着两个橘黄色大字——“融入”。

大家走入大厅，行政的同事递给大家这次活动的主题服装——每人一件橘黄色的外套。

有几名前 DK 员工看到脸都绿了，郭发更是根本没拿衣服，径直走向自己的座位。

魏沉最后来到现场，看到全场橘黄色的衣服，眉头一皱，坐到了最后一排。

“在路上”还是按照以往的流程，各部门负责人陈述过往做的工作，大家“拍砖”提意见。

前面的人讲的都是业务，轮到郭发讲，老郭穿着自己的皮衣上台，不怒自威。

“这场会议的主题是‘融入’。我想，我们的魏沉、甄露，期待的是双方的融合，而不是DK员工的单方面融入，对不对？毕竟在对外对内的宣传上，我们是合并，而并不是吞并。既然如此，这次的主题色，这次的一身橘黄，有没有考虑过DK老员工的感情？我们DK的绿色一点儿也见不到，这是要把我们彻底干掉吗？”郭发不客气地说着。

台下的人面面相觑，最后一排的KK人力行政团队更是尴尬，不时偷瞄魏沉。何金燕故作镇定，但其实手心也在冒汗。

郭发接着说：“DK和KK走到今天，打过无数次仗。我们曾经做过朋友，但后来成为敌人。今天，我们走到一起，是为了共同的未来。我相信，在过去一年内，以DK的单人作战效率，一定是不比KK差的。我们输在了整体的战略，投资者关系，以及媒体资源等方面。当然，这都是过去的事情。今天我们是一家人，那么，请尊重我们每一位 DK 的员工。因为，他们曾经是让 KK 成长最重要的对手。而 DK 员工，我们也要努力和 KK 的同事们走到一起。相信有一天，不论叫什么名字，我们都会被全世界记住。我们被记住，是因为我们做的事，而不是因为我们身上穿的颜色！”

不论 DK 还是 KK 的员工都被郭发的讲话所感染，掌声雷动。魏沉直接站起来为郭发鼓掌。

郭发走回座位后，魏沉走上了讲台。

魏沉说：“我来做第一个拍砖的人吧，我这一砖拍的不是老郭，而是我们的人力行政团队。我们在准备会议主题，准备衣服时，有没有考虑过，这是一次与以往不同的‘在路上’？曾经战场上的对手，今天早已是握手言和的兄弟。我们有没有考虑到兄弟的感情？何况这次大多数 DK 的兄弟都是从杭州赶来。作为东道主，我们应该怎样招待客人？”魏沉看了眼郭发，“老郭，我代表人力行政团队，向你和其他 DK 兄弟道歉！”

何金燕出的不仅是冷汗了。

“接下来，我们要面对的，除了融合，还有更激烈的挑战。上个月，我们刚刚合并，美国的UB打车就偷袭了我们的9个城市。目前，UB的市场占有率不断上升，在个别城市甚至超过了KKDK的总和。敌人很强大，手段层出不穷，我们一定要团结，才能有更多的精力去应对外部的挑战。”魏沉说。

魏沉向全体管理团队介绍了目前的“战狼”项目——“战狼”是由丁超带领的专车团队抽出的一支精英团队，针对UB打车推出的“廉价专车”进行的反击项目。

“希望这九个城市能撑到我们战狼出击的那一天。”魏沉少见严肃紧张地说，“敌人，真的很强大。所以，我们一定要团结！”

“在路上”结束后，魏沉单独找了何金燕谈话。

“这次的‘在路上’，包括服装在内，对DK同事都不够尊重，原因是什么？”魏沉问何金燕。

“是我的疏忽。我虽然没有参与之前的打车大战，但一路看着双方打得你死我活。作为KK人，不知不觉有了胜利者心态，有点儿想把KK的文化和味道传递给DK的同事，所以犯了错误。”何金燕反省道。

“文化的传递，我们当然需要。”魏沉笑了一下，“但是，文化要润物细无声，而不是强加于人。明白？”

何金燕点点头，见魏沉话已说完准备离开，犹豫了一下叫住了魏沉：“老大，有个东西要给你看一下。”

“老大”这个称谓，是在KK内部，尤其是老员工对魏沉的称呼。虽然魏沉年纪不大，白白胖胖，并无“老大”气质，但大家叫惯了，也就约定俗成。哪怕比魏沉大不少的何金燕也这么叫，魏沉也从未觉得有什么不妥。

见到何金燕似乎有什么事要告诉自己，魏沉掉头回来问什么事。何金燕坐下，打开电脑上的Excel文档，是KK和DK的员工名册。

何金燕在搜索框输入了一个身份证号码，魏沉的眉头忽然紧皱。屏幕上出现了两条信息，分别属于KK和DK的列表。也就是这个身份证号码的主人，同时出现在了这两家公司。

魏沉望向那个人名——汪华。

“汪华是卧底！”这一消息不胫而走，在DK内部，尤其是地推团队里传播开来。

作为DK管辖区域最大的大区经理，汪华管理着全国交易量最大的江苏、山东、安徽、上海和浙江区域。

从当年帮DK解围出租司机围困公司，到临危受命接手山东，汪华是DK大区经理中最脚踏实地、聪明且不怕困难的一个。

“没想到是他！”郭发打电话给董昭，痛骂汪华，“这人装模作样的，其实还是狗改不了吃屎。为了KK几个钱，把咱们都卖了！”

电话那头的董昭正在澳门打牌，听到这消息虽然惊讶，却也觉得和自己无关，“老郭，你看该怎么处理就怎么处理吧。当时DK和KK的关系如履薄冰，我们不也有打入他们内部的人吗？现在既然合并了，尽量不要弄大，开除得了。”

“开除？！”郭发气愤地说，“不弄死他真不解气！”

作为目前实际管理原DK团队的最高执行人，钱峰当然不能当这件事没发生。虽然郭发已经以无可辩驳的态度告诉钱峰：“一定要让汪华什么都带不走，期权一分也拿不走！除此之外，最好让他坐牢！”但是，作为当年一起作战的战友，钱峰还是想找汪华好好聊聊。

晚上9点的杭州西湖边，游客已经很少了。钱峰和汪华坐在湖边的长椅上，汪华叹了口气：“我知道，很对不起你和其他一起战斗过的兄弟。”

钱峰以一向的稳重，不带情绪地回应：“你并没有对不起我，这是你自己的选择。只是，我想知道为什么。”

汪华看着远处的音乐喷泉，点起一根烟：“加入DK不久，KK那边就有人来找过我。他们说，给我比DK多两倍的收入，让我同时也加入KK，还说是上面一个重要的领导安排的。”

汪华看了一眼钱峰，后者的目光淡然地看着西湖深处，他吐了一口烟接着说：“后来，他们真的每月都打给我双倍工资，同时要求我把DK的运营数据每周发给他们。”

钱峰有点意外：“你都给了？”

汪华点点头：“我给了。我太想赚钱了，你知道我以前开公交车，每天四趟半，如果中间堵车，可能几小时没法上厕所。时常会被乘客骂，别人有气，都撒在我们身上。可是我们有气，总不能开车去撞吧。夏天，太阳从前面的大玻璃直晒在身上，整个人都被晒黑了。这样的生活，我过了14年。最后我离开公交公司时，月收入是3400元。后来，开上了出租车，收入增加到每个月5000元，可是上厕所、吃饭更没有规律了，客人着急时，我们只能忍着。生活太苦了，我又太想多赚钱了。后来遇到这么好的工作机会，我忽然变得有点儿找不到自己的方向了，觉得钱一下子从天上掉下来，太好赚了。”

钱峰听着，并没有责怪汪华的意思。在这个风口时代里，谁又不是乘着东风忽然变得不像曾经的自己，谁又不是在一两年内忽然积累了过去几十年都没有的财富？

魏沉听了钱峰的汇报后，终于查出，当年安排汪华“卧底”的那位“大领导”，就是他最重要的大将——丁超。

丁超正在没日没夜地赶“战狼”项目，而丁超当时的出发点，无非希望让自己的公司赢。

魏沉和钱峰、何金燕、郭发商量之后，最终决定，开除汪华，期权收回，但并没有按郭发说的“报警”。

“既然合并了，就是自己公司内部的事情。收回期权，已经是对汪华的惩罚。给人留一条生路，也给 KKDK 留一点颜面。”魏沉语重心长地对郭发说。老郭叹了口气，勉强答应了。

“同时出现在 KK 和 DK 花名册的卧底”成为不少同行对 KKDK 合并的笑谈，然而那个人是谁，他现在在哪儿，没有几个人知道。

有人说，后来看到过汪华开出租车。

也有人说，后来在北京见到过汪华，是丁超给他安排了工作。

没有人知道，也没有人在意。

第二十六回

钱峰刘竹接棒 UB登门造次

钱峰第一次来到杭州原DK办公室时，很多人都不认得他。

毕竟他一直Base在北京，管理的也是北京、天津大区的业务。除了偶尔来杭州总部开会，和杭州总部同事交流并不多。

钱峰在接受任命后第一次走进杭州办公区，陪同他的是人力行政总监倪悦璇。

倪悦璇带钱峰走了一圈认识了各部门的负责人。运营部的负责人齐琳原本要下周才去北京刘竹那边报到，但听说钱峰来了，也为了回避没有出现。

最热情的是产品总监徐刚，徐刚不仅热情地向钱峰介绍了自己和团队，同时也带钱峰观看了设计师正在做的 KK 代驾产品模型图。

转完一圈，刚好走到 Terry 原来的房间门口。房门紧闭，Terry 和隔壁的董昭早已离开。

“你确定不用这个办公室？”倪悦璇问钱峰。

“这毕竟是 Terry 的办公室，名义上，他还是我们的 CO-CEO，出于尊重和公司的规定，这房间都应该留给他。我还是坐小会议室吧。”

钱峰把自己的办公室安排在了角落里一个朝北的小会议室。

倪悦璇离开后，有人来敲钱峰的门，钱峰喊“请进”。

进来的是徐刚，一脸笑容。

“峰哥，我也是刚来到这边不久。虽然说负责的是产品团队，但对于运营方面，我也有很多课要补。您在这方面是专家，以后希望有机会多向您请教。”徐刚笑嘻嘻地说。

钱峰也站起身来：“客气，我以前负责的不过是区域运营，对于你们产品运营也是外行。”

徐刚说：“我知道您之前在外企期间也做过战略，您的视角一定会比我们单纯做产品或运营的要更高更全面，总之要多向您请教。当然有什么需要我做的，不管和产品有没有关系，您尽管说。”

徐刚走后，钱峰笑笑。虽然心想“这小子马屁这么快就上来了”，可是作为初来乍到的人，谁不喜欢对自己尊重和重视的下属呢。

相比对手下还很陌生的钱峰，前 DK 的另一员大将刘竹可谓顺风顺水，天时地利人和。

刘竹手下的不少人都是跟着他从 B 厂一路过来的铁忠部下，况且以程序员居多，单纯憨厚，死心塌地。

工作地点又在北京，刘竹熟门熟路不说，离 KK 总部也近，离最高管理层更近。

“在路上”结束之后的一个周末，刘竹提着两瓶茅台，来到了魏沉家楼下。

刘竹之前和魏沉说过想来探讨下工作的事，作为前 DK 管理层，魏沉不敢怠慢，怕落下“对 DK 不够亲和”的名声。

开门后，看到刘竹拎着两瓶茅台，魏沉又惊又喜。

惊的是，没想到刘竹一个技术男竟有如此世故之性情。

喜的是，DK 的大将这样“谄媚”前来，不必太担心手下人的融入忠诚度。

魏沉的妻子江芝忆为两人准备了几个小菜，就着茅台，刘竹开始“真情流露”：“老大，当年竞争虽然激烈，但是对于我来说，我是期待合并的。我们做技术的人，比较单纯，就希望自己的技术，能够发挥更大的空间，让出行事业做得更大。”

魏沉说：“可是，还是有很多老员工，在情感上对于合并是有排斥的。当然，可以理解，毕竟当年是那么对立的两个对手，需要时间慢慢接受。”

刘竹倒满一杯酒，和魏沉的杯子碰了一下，一口干掉：“杭州那边我不知道，但我北京商业事业部这边，老大你放心，绝对百分百支持合并，支持新业务！”

魏沉也再次倒满酒，举起酒杯：“有你这句话我就放心了。希望DK和KK的兄弟们可以像一家人一样，谢谢你刘竹！”

一饮而尽，两人聊至深夜。

2月开始，UB在中国的9个城市挑战着KKDK的霸主地位。

UB在中国的运营模式非常精兵简政，每个城市管理团队由3人组成——城市经理全面负责，运营经理制订和实施运营策略，市场经理制订实施宣传方案。

这样的3人组合，加上少量的临时员工和实习生，便组成了UB的中国团队。不夸张地说，UB是以KKDK十分之一不到的人数在和 KKDK 竞争。

UB 的管理运营特点是“因城施策”，每个团队可以根据自己城市的特色推出特别的运营方案和市场宣传，不需要全国保持一致。

比如 UB 杭州推出了“一键打船”——用户可以通过 UB 呼叫西湖船夫来接自己游西湖。

这种特色运营方式，虽然真正合作的船夫以及使用的乘客非常有限，却获得了非常好的宣传口碑。

比如广州的市场宣传，会用一些粤语的俏皮话来做开屏页面，上海北京会有针对白领的一键叫餐服务。

因城施策，加上年轻化的宣传和口碑，让越来越多喜爱新鲜事物，尤其是对欧美文化感兴趣的年轻人把票投给了 UB。

还有一件关于 UB 中国的事情，让 Martin 和申颂萧都吃了一惊。

UB 广州的城市经理，竟然是当年因为被 DK 收购而离开蜜蜂用车的 Martin 前大将徐英杰。

徐英杰离开蜜蜂用车不久，就加入了筹划中的UB中国。

借助国外留学以及在蜜蜂用车的经验，徐英杰被 UB 当作最了解中国市场的骨干员工培养，也成为每次 UB 全球总裁 David 来华时必要接见的人物。

4 月，UB 中国的 9 个城市里，有 5 个市场占有率已经超过 KKDK，另外 4 个和 KKDK 不分上下。

整个 KKDK 公司内部都处于一种紧张和悲观的氛围中。

不少媒体也添油加醋，以“中国互联网模式终被证明失败”等说法，来批评 KKDK 的高人力高补贴模式。

以年轻用户为主的网民群体，也开始吐槽 KKDK 的种种“不好用”，赞扬 UB 的种种“时尚便捷”。

就连 KKDK 的不少员工，上下班也会用 UB 打车。

魏沉独自在办公室，眉头紧锁。助理敲门进来：“David 说想见你。”

“UB 的 CEO？ 他要见我？！”魏沉有点儿不敢相信。

David

生于 1977 年，美国人，从加州大学洛杉矶分校辍学后，创办过多家科技公司，而最近几年让他名满全球的，当然是 UB 打车。

第二天上午，David在北京城市经理甄岚、上海城市经理冯霄文以及广州城市经理徐英杰的陪同下来到KK总部办公室。

会议室里，一边是David和甄岚坐在中间，冯霄文和徐英杰在外侧，甄岚兼做David的翻译。

另一边，魏沉和甄露坐在中间，两侧是James和丁超，甄露也同时为魏沉做翻译。

冯霄文

生于1976年，福建人，毕业于厦门大学。

“沉，很高兴见到你，我们在中国最重要的竞争对手！”David先用英语开始发言。

“也欢迎您来到中国，我们欢迎优秀的对手在这片开放的土地上共同竞争！”魏沉当仁不让。

“我想，你应该清楚，

UB在全球目前是第一的打车软件，并且我们深入了各个大洲、国家。中国的市场我们当然不会放弃。”David骄傲地说。

“过去，也有不少自称全球第一的外国公司来到中国市场，但他们中的大多数都水土不服，最终输给了中国本土的企业。”魏沉不卑不亢，看似轻松地说着。但在场每个人似乎都看得到空气中的电光石火。

“你想说被B厂打败的搜索巨头G厂？我并不认为靠政策赢得比赛是件光荣的事情。”David撇撇嘴角。

“每个国家都有自己的规则和法律。美国也给中国的通信设备民营企业HW设置了重重障碍，这不也是你所谓的靠政策吗？除了B厂，我的老东家A厂，在傲慢的美国竞争对手EB网面前，稳扎稳打认真了解中国用户，

甄岚

生于1983年，江苏人，毕业于加州大学伯克利分校。她最引人注目的身份是——甄露的堂妹！

最终赢得了竞争。这样的例子还有很多……”魏沉早有准备。

David站起来，想发作，但又忍住。他努力在嘴角挤出笑容，对魏沉说：“沉，我们做个对双方都好的决定好不好？让UB收购KKDK，所有员工加入UB，成为全球最大的打车公司。而你们，会获得你们从未想过的财富，开心地退休。多好的交易，是不是？”David用挑衅的眼神向对面的4个人扫了一遍。

魏沉也站了起来，“如果，这就是你今天想要告诉我的。那么，你还真是浪费了我们一上午时间呢。”身边几个人也站了起来，魏沉伸出手握住了David的手，有力地握了3下，“我们还是在赛场上见吧，David！”说罢做了个手势，请UB的一行人离开了。

一周后，又一次“在路上”在北京举行。

这一次，没有了统一的黄色外衣，整个活动的色调也变成了黄绿相间。主题词是“无畏艰险，砥砺前行”。

所有部门负责人分享完工作后，由魏沉最后发言。

魏沉站在会议室中央，顶灯照在他头上，让他原本白白胖胖的脸多了些硬朗的线条。

魏沉停了几秒，说：“UB的CEO，David上周来找我，说要收购KKDK。”

场下安静极了，没有惊呼也没有嘲笑，大家冷静地等着魏沉说出那个他们都知道的回答。

魏沉说："我说，KKDK 可以被打败，可以输得很惨。但是，我们不会投降！我们不会向一个自以为是的外来者下跪，把我们自己国家的市场交给他们！不会，永远不会！"

第二十七回

战狼追赶 UB
代驾迅速燎原

2015 年 5 月 7 日，当丁超带着两个黑眼圈从乌烟瘴气的“战狼”会议室走出来时，在 KK 打车的软件页面上已经多了一个按键——KK 快车。

丁超带队经过两个多月的调集资源、招纳车主、培训上岗等工作，再加上王洛和班忠在产品技术上的大力支持，终于在这一天让 KK 快车上线。

相比专车，快车的主力车型是 10 万元左右级别的经济型轿车。快车的价格更低，起步价根据不同城市在 5 到 10 元不等。整体价格略低于出租车。

很明显，KK 快车是针对 UB 打车的廉价车型推出的一款竞争产品。KK 快车一推出就通过微信平台发放代金券，使用代金券后的打车金额比 UB 还低。

快车的服务和司机素质，也有着丁超一贯的风格——不拘小节。有时偶尔会出现 20 万级别的中档车，有时，五菱宏光之类的面包车也会意外地停在乘客面前，让人惊掉下巴。

但由于 KK 地推团队的人数优势，KK 快车的司机不断增加，乘客虽然偶有抱怨，但每当同时打开两个软件，UB 的车在几公里外，而 KK 的车周围就有好几辆，乘客自然越来越多选择更高效的 KK 快车。

两家公司招募司机的方式也非常不同。

UB 招聘司机，需要司机网上报名后，来到指定地点，排队进行资料填写，然后面试。整个流程繁复严格，工作人员也都是一脸冷淡的“秉公办事”的表情。

反观 KK 快车的招募司机现场，一个城乡接合部的平房门面，乱糟糟的一群司机堆在门口。里面一个大嗓门儿的 KK 员工喊到司机的名字，就进去提供驾驶证验证真伪，然后签个字就可以上岗了。工作人员虽然忙，却也不忘和司机聊聊天开个玩笑，混乱中有着轻松。

一个之前在 UB 注册过的司机来到 KK 服务点，签完字后开始吐槽 UB 的司机招募流程：“太装了，填写的资料里还有英文。我哪儿看得懂！工作人员也是跟个木头似的，欠她钱了一样！”

另一个司机接话说：“就是，还有一次排队都半小时了，队伍还很长，可他们就不说给增加一个人办理。死脑筋！”

或许，在UB看来这种审核的方式是最安全规范的。但是，就在两边审核时间的差距上，KK快车的速度远远超过了UB打车。

6月1日，继KK快车之后，KK又推出了一个新产品——KK顺风车。

顺风车的运力来自于非营运车辆，也就是私家车的空闲座位——一个车主可以将自己车上的座位共享出来，提供给顺路的乘客。而乘客会支付给车主一定的费用，这个费用远低于专车、出租车和快车，可以理解为是一个“油费补贴”。

顺风车事业部的总经理是 Kelly。

顺风车除了是一种共享式的出行工具，更是一种“社交”工具。每个人的特点、性格会被乘客或车主打上标签，每个用户也可以使用自己的个性头像。

顺风车除满足了“价格敏感”用户的需求，也让一部分城市男女青年有了认识异性的平台。

在 KK 快车和 KK 顺风车的夹击下，UB 在中国的市场份额不断缩小。

7 月 28 日，钱峰带领徐刚等一众杭州代驾事业部的管理者来到北京，发布了 KK 的又一款新产品——KK 代驾。

这是 KK 在车辆服务以外，

Kelly

生于 1979 年，湖南人，毕业于中国人民大学。之前在 T 厂、B 厂都做过产品工作。

第一次提供了人的服务。

发布会上，徐刚就坐在钱峰身边，和钱峰一起在台上回答记者的提问。

有记者问：“请问 KK 推出代驾服务，是要挑战 D 代驾的市场霸主地位吗？”

钱峰早有准备：“KK 推出代驾服务，是为了在现有的出租车、专车、企业用车、快车和顺风车以外，给车主提供更人性化的服务。让车主在必要时，可以将车放心地交给我们的专业司机驾驶。不管是喝酒，还是其他需要代驾的情况，我们的司机都会将车主和车一起安全送达。”

记者提到的 D 代驾，是当前市场上第一大在线代驾软件。

D 代驾创立于 2011 年，

是中国最早的代驾软件之一，创始人是蒋嘉扬。

2014 年，当 KK 和 DK 的打车大战正火热时，蒋嘉扬就用沙盘演练过无数次将来被 KK 或 DK 进攻时的策略。

“我们和 KK 或 DK 必有一战！就看他们谁胜出了。”蒋嘉扬曾经这样和管理层说过。

2014 年，蒋嘉扬也分别约见过 Terry 和魏沉，由于当时双方还在竞争中，蒋嘉扬作为相关领域的边缘同行，和两位 CEO 交流过一些关于打车的想法。

一年后，蒋嘉扬将要面对的，是原 DK 团队的人员，用“KK 代驾”这个名字向他宣战。

“那么，KK 代驾，和市场上的竞争对手有什么不同吗？”记者继续问钱峰。

蒋嘉扬

生于 1979 年，江西人，毕业于华南师范大学。D 代驾创始人。

“这个问题，请我们的产品总监徐刚回答。”钱峰把话筒递给徐刚。

“我们的产品，基于KK的大数据，运用最先进的定位系统，将车主和代驾司机完美匹配……”徐刚毫不怯场，在台上侃侃而谈。

旁边的钱峰仔细聆听，脸上带着满意的神情。

发布会后，KK代驾正式上线，开始了向D代驾的挑战。

在KK代驾出现之前，D代驾牢牢占据接近90%的在线代驾市场份额。

8月，炎热的夏天。夜宵摊边上，原本放有D代驾烟灰缸、牙签筒的塑料桌上，开始出现KK代驾的烟灰缸和牙签筒。

在人们喝酒畅谈的间隙，郭发手下的KK代驾的地推人员，以过去两年推广出租车、专车的经验，见缝插针地把传单发给食客，告诉食客第一次用KK代驾可以免费的消息。

在杭州的胜利河美食街，之前被董昭招入公司的辍学管培生楼秦带着几个人推广KK代驾。

刚从一家餐厅出来，正沿着小河边走的楼秦突然被脚边“啪”一声摔碎的啤酒瓶吓了一跳。

出现在身后的是4个穿着黑色T恤的大汉，当时恰巧其他员工去了别的店推广，只剩楼秦一个人。没等楼秦开口，其中一个大汉就用手里的啤酒瓶指着他说：“以后再见你在这条街上发传单，啤酒瓶我可就不往地上砸了！”

说罢，4 人大摇大摆离去，只剩下楼秦在碎玻璃碴旁瑟瑟发抖，直到其他员工赶到时才缓过神来。

“怎么了楼秦？”一个同事问他。

“是 D 代驾，是他们的人。”大家望向楼秦脚边的玻璃碴，一时间不知所措。

毕竟，楼秦是一个大学都没毕业的学生，面对这种社会人的威胁，害怕也是正常的。

经过一晚上的思想斗争，第二天，楼秦依旧穿上 KK 代驾的推广服装，来到了胜利河美食街继续推广。

这一晚上，那几个黑衣男子没有再出现。

但第二天一早，楼秦所在的地推办公室门口，“KK 代驾”4 个字被人泼上了红色的油漆。

一山不容二虎，何况对于 D 代驾来说，目前的 KK 代驾还是只猴子，向上攀爬的路当然充满着艰险。

2015 年 10 月的一份报告中显示，KK 代驾获得了全国 15% 的在线市场份额，而 D 代驾依旧占据 75% 的市场份额，仍旧是绝对的老大。

在 KK 相继推出了快车和顺风车后，UB 的市场份额不断缩小。

为了反击，UB 在原有的 9 个城市基础上，又加开了天津、沈阳、青岛和苏州四个城市。在中国总共运营的城市达到 13 个。

北京城市经理甄岚升任为临时 UB 中国区 CEO，对全国进行统一部署。徐英杰除了管理广州，也同时要对深圳进行联动管理，让两个城市的策略相互呼应。原本田园式的“一城一策”时代结束了。

丁超在 KK 和 DK 合并后，一直没忘记当年专程到深圳“挖”的 DK 大将——简彰。

按照编制，简彰在合并后应该作为 KK 代驾的深圳城市经理，负责深圳代驾业务。

丁超爱才，在“战狼”行动开始后，借一次来广州督战的机会，专门到深圳再次请简彰来帮助他的 KK 快车在广东阻击 UB。

这次来之前，丁超已经提前和钱峰打过招呼，钱峰愿意放人。

简彰看到既然钱峰答应了，也便答应了丁超，负责 KK 快车整个广东省的业务，但依旧待在深圳。

2015 年 12 月，简彰带领 KK 快车广东团队，在省内包括广州、深圳在内的 8 个城市推出了服务，全面围剿了只有广州、深圳两个城市的 UB 打车。

徐英杰加强市场宣传力度，继续发代金券，希望通过两大一线城市白领受众扭转局面。

UB 在广州和深圳同时发布了“一键约创始人”功能——通过 UB 打车可以坐上某个企业创始人开的车。

然而，最终能响应这一服务的“创始人”数量，总共没有超过 30 人。和以往“UB 打船”“UB 营养午餐”等一系列叫好但不叫座的活动一样，最终以用户增加寥寥收场。

同时，简彰的广东 KK 快车司机和乘客数量都比 10 月时翻倍，远远超过 UB 打车。

2016 年春节，当人们再次看到 KK 的春晚前广告《打车回家》时，UB 已经被不少人遗忘，或者说根本没有走进过老百姓的记忆中。

徐英杰没有看春晚——像所有喜欢西方事物的年轻人一样——他看着视频网站上的脱口秀，思绪却在九霄云外，长叹了一口气。

第二十八回

冬天即将来临
星辰抑郁难解

2016 年的春天，各行各业的创业公司如雨后春笋般生长出来。

为了响应国家号召的“全民创业，万众创新”，各地政府也推出了不少有利于创业的措施。比如各种创业小镇、孵化器的建立。比如给创业公司补贴各种运营费用，或者减免税费。

在这样生机勃勃的春天，魏沉却在新年的第一封邮件里提到“winter is coming”（冬天将至）。

在邮件中，魏沉写道：

管理层取消了原定的新办公区庆典，一则还不是我们自建的大楼，很多同事也没能搬进来，外地同事办公条件还简陋。二则虽然大战不停捷报不断，但各线作战，还没到最后会师庆功的时候。

这一年来我们做了 3 件事：

1. 很好地完成了 KK 和 DK 的融合，这几乎是中国互联网史上最成功的案例，源于格局，成于胸怀。

2. 顶住 UB 猛攻，拿下专车、快车市场 80% 份额，专车、快车兄弟们捍卫了 KK 的荣誉，公司也在战争中快速学习成长。这是新生代中美互联网公司的较量，战斗还未结束，同事们继续努力。

3. 出行平台战略落地，多元化突进。去年 5 月起不间断推出了快车、顺风车、代驾……KK 的速度，像宁泽涛和苏炳添一样在创造历史。

为大家骄傲！

但最近糟糕的国内和全球经济形势提醒我们，winter is coming！

KK 生于夏天，能否活过冬天，在春天到来时继续追逐梦想？

魏沉所担心的“冬天”，是资本的冬天。

2016 年以来原本火热的投融资市场忽然变天。

在 2015 年年初，据说只要是 BAT 的中层出来振臂一呼说“我要创业”，就会有资本上来给几百万上千万的天使融资。

可是到了 2016 年，伴随着股票市场的震荡，创业者需要的钱也没那么好拿了。包括 KK 这样的巨头。

说到 KK，从 2016 年新年开始，魏沉以及管理层的邮件中，将刚刚合并时的“KKDK”这样的称呼，统一改成了“KK”。

同时开始了使用“KK 出行”作为集团的新称呼。

KK 和 DK 通过一年时间的融合，在业务上、人员上、品牌上已经融合得相当彻底。

相比过去著名的两大视频网站的合并，KK 和 DK 的合并由于没有“历史包袱”，彼此团队虽然打过仗，甚至打过架，但是战斗时间并不长，没有“深仇大恨”，所以融入得相对顺利。

在 KK 和 DK 合并之后，国内又相继有几桩大的合并事件。

2015 年 4 月，分类信息平台网站“49 同城”和竞品“集市网”合并。

2015 年 10 月，许维的本地生活服务网站“优团网”

和竞品“吃评网”合并。

2015年10月，机票酒店票务网站“同行网”和竞品“去这儿网”合并。

这一系列合并都是行业中的老大和老二，而背后往往也有T厂和A厂的资本博弈和妥协。

Terry和董昭看到这一切的时候，有松了一口气的感觉。

2015年年初合并后，Terry虽然名义上和魏沉共同作为公司的CO-CEO（联合CEO），但其实大家心照不宣。Terry在将股份转让后便退出董事会，离开了公司。董昭则一合并便将股权转让，退出公司。

两人因出手DK股权而获得的个人财富，据猜测都在10亿人民币以上。

Terry和家人搬到香港生活，深居简出。

董昭在香港、杭州两地居住，时常在澳门打牌，也在香港科技大学开始攻读EMBA课程。

徐星辰听说目前两人的情况后，变得郁郁寡欢。

胡伟在出让股权后，资产也迅速上了千万元。

2015年年底开始，杭州的新房开始快速涨价。胡伟和方梅虽然一直想换新房，却一直没积极去看房，想“再等等”，一直没下手。

2016 年过年后，方梅之前关注的一个均价 18000 元一平方米的楼盘，忽然涨价到 25000 元一平方米了，两人一算，他们想买的 139 平方米户型，要整整多出 100 万来。

虽然有 1000 多万，但是 100 万对他们来说毕竟不是小数目，两人都捶胸顿足，终于开始全城到处看房。

所到之楼盘，2015 年的价格都不复存在，房价都在继续暴涨中。

方梅有点崩溃，问售楼小姐："我们过年前来的时候不是还……"

售楼小姐气势上也比以前强硬了很多："过年到现在已经调整了两次价格了。现在这个价格你要是不买，下周还要再调价的，公司已经报上去了。"说罢，又去向另一对夫妻介绍房子了。

胡伟和方梅站在售楼处门口，有点不知所措。

这时胡伟电话响了，打来的是徐星辰。

"胡伟，你能陪陪我吗？我，我觉得我有点儿不想活了……"徐星辰在电话那头无力地说。

"星辰，你别乱来啊，你等我，这就过去！"胡伟问清了徐星辰所在的地方，跟方梅解释了一下，自己打车走了。

徐星辰坐在浙大玉泉校区永谦礼堂门口的长凳上，这也是他第一次认识胡伟的地方。

胡伟匆匆赶来，看到徐星辰眼神呆滞，眼角有泪痕。

这可是浙大的创业明星徐星辰，年少得志，做什么火什么，财富自由，特斯拉……这些标签在徐星辰身上一直闪闪发光。可如今胡伟面前的这位学长全身都蒙着一层失败者的阴影。

“胡伟。”徐星辰用以前从未有过的那种不自信的嗓音说，“你说，在董昭面前，我是不是就是个傻瓜？”

胡伟是情商极高之人，听到此话，知道徐星辰为董昭和 Terry 的事情不悦，便开导他说：“星辰，没有你，就没有我们的今天。”

徐星辰说：“但是，为什么是我带他出来的，他今天却混得比我好那么多？比我有钱那么多？”

胡伟说：“星辰，我理解你的心情。当初在你的领导下，我们才有机会去尝试打车这个新玩意儿。你给了我们每个人机会去发挥，我内心里是非常感谢你的。我相信董昭，他一定也是对你充满感激的。只是这几年，变化太快。市场在洗牌，我们每个人的财富也在迅速变化，他可能还没有做好怎么面对你的准备。又或者是他还没有想好如何去支配他的财富，更不知道如何去面对这些在你的帮助下获得的财富。”

胡伟拍拍徐星辰的肩膀：“不论怎样，星辰、董昭、

Terry，他们能够获得令很多人羡慕的财富，恰恰证明了我们，尤其是你在一开始的判断是正确的。星辰，你判断对了很多事，也将继续拥有这样的判断力。我一直相信你能做出比 DK 更牛的项目！”

徐星辰说：“我最错误的判断，就是把公司交给了他们。”

胡伟笑笑：“这才是你的伟大之处。好了，让伟大继续下去，好不好？你一直是我的偶像，让过去的事情都过去吧。你一定会拥有比他们多得多的财富，我相信你！”胡伟拥抱着徐星辰，在夜色下的浙大校园，这个曾经培育了徐星辰、董昭、丁超和胡伟的地方。

魏沉的全员邮件发出后没多久，KK 内部人事的“冬天”也到来了。

传说中的裁员真的要发生了。

在出租车、专车、快车、顺风车等领域，KK 已经取得了 90% 以上市场份额的绝对优势，于是公司开始削减地推人员和“临时工”的数量。

另一方面，在管理层，原本 KK 和 DK 重合的人员和部门开始整合。

市场部，原本让王征自己带的一支团队被解散，要求王征协助 Tommy。王征拒绝，离职。

申颂萧从北京丁超手下回到上海，带领原上海首席专车团队开始开发“KK租车”项目。

人力行政方面，原本各个事业部的“人力行政总监”被撤销，改为各个事业部的HRBP（人力合作伙伴）向公司总的HR负责人汇报。

意外的是，原本的人力行政VP何金燕被撤职，由新来的CPO Bill代替。

何金燕被撤职让人有些意外，而倪悦璇不仅保留了代驾事业部人力行政总监的职位，同时又兼任了商业事业部人力行政总监以及上海KK租车团队的人力行政总监职位。

在这次人事调整中，最引人注目的是钱峰。魏沉和甄露都表示钱峰的出色工作让他们“十分意外”。

从去年7月上线以来，KK代驾已经不断拉近和竞争对手D代驾的距离。

Bill

生于1962年，上海人，曾在全国最大的房地产开发企业千慧服务二十余年。

到 2016 年 4 月，KK 代驾市场份额已经反超 D 代驾。而钱峰职业经理人式的管理，让远在北京的魏沉和甄露无比放心。钱峰不卑不亢的处事风格，也让原 DK 团队的老员工对他渐渐敬重起来。

这次人事调整，将原本丁超管理的专车、快车两个业务拆分开，丁超专职负责流量大的快车，流量小但需要更高品质的专车由钱峰来负责。

同时上海的租车事业部也由钱峰负责。

钱峰成为同时管理 3 个事业部的总经理，并且升任集团高级 VP。

同时，钱峰的主要 Base 由杭州改为北京。经过一年的“南漂”，钱峰带着一身荣誉回到了自己的家。

第二十九回

KK 收购 UB
甄露英文演讲

刘竹所在的商业事业部，在这一年多的时间里尝试了多个项目，最大的项目是“上门试驾”。在 KK 的 App 主页面可以一键预约试驾，由 KK 员工将用户想要试驾的车辆送来给用户体验。

然而尝试半年，成本巨大，收益甚微。刘竹的商业事业部存在的意义受到了很多挑战。

手下的人已经走了几个，大多数技术人员还是死心塌地跟着刘竹。但是工作这么久以来一直缺乏成就感，让不少人慢慢失去斗了志。

原本天时地利人和的刘竹，忽然发现各方面资源都不如他的钱峰，已经远远走在了他的前面。

刘竹可谓少年得志。

当年从上海交大这样的名校毕业，校招时就被 B 厂看中，重点培养。后来成为最年轻的高级技术专家、架构师。手下二十几人也都是资深技术人员，从 B 厂到 DK 再到 KK，一路为他保驾护航。

刘竹外表俊朗，讲话幽默，善于和员工以及领导打成一片。

毕业于四川大学的钱峰，有着四川男人的白皮肤，瘦瘦的身材让人不禁怀疑他能否一个人肩挑 3 个事业部。

相比而言，钱峰的不卑不亢，让人觉得有距离感。

在早期 KK 和 DK 竞争的年代，钱峰这样的性格在竞争上也好，在鼓舞士气上也好，都并不占优势。丁超、郭发这样的人更能获得更多满腔热血的好战员工的拥戴。

而魏沉聪明的一点是，在合并后的暂时和平时期，让来自 DK 的钱峰来管理 DK 的人，这样做 DK 的员工是服气的。

更重要的一点是，让钱峰来管理原本江湖化的KK 团队，把钱峰在外企的专业经验用在泥腿子出身的 KK 团队中，是不错的“中西结合”。

乱世需要枭雄，治世需要能臣。

6 月，在双方都无补贴的情况下，UB 打车的市场占有率下降到 5% 以下，而 KK 快车和 KK 专车加起来占据了 90% 以上的市场份额。

关于 UB 将被 KK 收购的新闻四起。UB 公关部门多次澄清，表示毫无此意。

甄岚也在微信群里向员工澄清："绝无此事！"

2016 年 8 月 1 日一早，UB 中国的所有员工发现自己的账户已经无法登录公司内网。

甄岚出现在北京办公室时，表情严肃。员工们聚拢过来，已经猜到有大事发生。

"很抱歉现在才通知大家，这也是 UB 全球的决议。从今天起，撤销 UB 中国，原 UB 中国团队并入 KK 团队。"

惊呆了的 UB 员工们有的捂着嘴，有的开始抹眼泪，有的交头接耳。大家无法相信，在 1 年前，David 还亲自来中国鼓励他们，并去 KK 办公室提出"收购 KK"的计划，而今天被收购的竟然是 UB 中国。

这一天的新闻被《KK 收购 UB 中国，UB 退出中国市场》刷屏。

UB 员工也收到了集团关于合并的执行细则：摆在 UB

中国员工面前的选择有两个——加入 KK 或者自愿离职。加入 KK 的，将获得 6 个月基本月薪 +6 个月股票价值的合并现金奖励；即刻离职的，可获得 3 个月基本月薪 +3 个月股票价值奖励。

UB 员工在这一天经历了错愕、失望和愤怒的情绪。

8 月 2 日，一篇《我们没有输给 KK！》的公众号文章开始广泛传播。

文中的几位主角都是 UB 中国的员工，他们缅怀 UB 的企业文化，对被 KK 这个“土鳖”收购表示极大的反感。

这种较为统一的情绪，源自 UB 员工背景的惊人一致。

UB 的员工几乎全都是海归，尤其以美国海归为主。少数未曾在海外留学的，也都有在中国外企的多年熏陶。大家彼此叫英文名，邮件、PPT 均用英文。崇尚“共享经济”，关注 UB 在全球的发展远大于关注中国国内交通的发展。

就是这样一群海归的精英分子组成了 UB 中国的团队，同样也是他们，在这一刻无法接受被 KK 收购的命运。

在他们眼中 KK 是“土”的，KK 的 CEO 被员工称为江湖气很重的“老大”，KK 的地推团队，尤其是丁超手下的地推团队充满痞子气，重要活动前喝酒喊口号骂对手是常有的事情。这些在 UB 员工看来都是野蛮世界的行为。

“Leda（甄岚的英文名），我们该怎么办？”一个女员工在甄岚面前哭了起来。

甄岚抱紧她：“对不起，我们现在，只能执行公司的决定。”

“我们加入 UB，是带着梦想来的。我们骄傲、奋斗、激情，我们来这里，不是为了加入 KK！”那位女员工哭得更凶了，被其他几个同事安慰劝走。

甄岚仰望窗外，国贸林立的高楼大厦，他们位于 39 楼的办公室永远充满着明媚的阳光。装有新风系统的办公室空气清新，和外面雾霾的北京简直是两个世界。甄岚发现，他们在中国的这一年多，似乎一直在真空中生存。

甄岚和甄露是堂姐妹，从小甄岚在堂姐的光环下长大。整个家族仰仗甄露的父亲甄昌立给家族和国家带来的荣耀。而甄露从小成绩好，被老师亲戚都当作掌上明珠，让甄岚从小就对堂姐充满崇拜。

甄岚也是个不服输的人，当初加入 UB，也有点儿想和姐姐一决高下的意思。谁奈最终 UB 也无法打破外国互联网企业在中国水土不服的诅咒。

晚上，甄岚收到甄露的微信：“我在你楼顶的酒吧，来喝一杯吧。”

甄岚坐电梯来到国贸最高的空中酒吧，甄露坐在窗边，对她笑笑，并没有站起来迎接。或许甄露是故意回避过于客套的表现，以免显得自己的沟通带着某种怜悯。

“员工那边，安顿得差不多了？”甄露问。

“年轻人，很多还是难以平复心情。有几个拒绝加入KK，准备去美国UB总部找份工作，让我推荐。我也答应了。尊重每个人的选择。”甄岚回答。

两人都点了美国加州产的红酒，或许这是她们在美国留学时共同记忆的一部分。甄岚一整天都在安慰员工的情绪，此时此刻，面前是作为胜利者的姐姐，从小被她作为榜样的姐姐，她从未超越过的姐姐。半杯酒下肚，甄岚放下了白天的坚毅，泪水无声流下。

甄露坐到妹妹这一边，搂着甄岚的肩膀，让甄岚的头靠在她的肩上。

几分钟后，甄岚用纸巾擦干泪水，对甄露说：“请KK，对他们好一点儿。”

甄露点点头。

“他们都是很理想主义的孩子，在国外留学，对共享出行充满着热情。我不希望他们的热情被扑灭。”甄岚说。

“KK也在做同样的事情。”甄露说，“我们的合并，会让这个梦想走得更远。”

“拜托了。”甄岚端起杯子，和甄露的杯子碰了一下，一饮而尽。

KK 对 UB 的正式“接收”在发布收购消息后一直没有执行，主要原因来自 UB 员工的抗拒情绪。

原本打算 8 月 4 日由 CEO 魏沉来到 UB 北京总部向员工讲话，但这个计划最终搁浅。

KK 管理层商量了几个方案，比如直接由 KK 的 HR 对接 UB 的 HR，但这样似乎显得过于程序化，冷冰冰。

也考虑过让钱峰代表 KK 去和 UB 的员工谈话，因为钱峰出自外企，也更得体。但后来担心 UB 员工觉得 KK 不派出“最大领导”，是对他们的不重视。

最终，甄露自告奋勇，决定由她去向 UB 员工讲话。

原因第一，她是甄岚的堂姐，这层关系会让 UB 员工稍微少一些敌意。第二，UB 员工对 KK 最大的不满来自他们认为 KK 是一家很“土”的本土公司，而甄露在海外多年，也从小在中国最高端的圈子内长大，自然不会让 UB 的孩子们挑到“土”。

8 月 9 日，甄露在几名 HR 同事的陪同下来到了 UB 北京总部。

员工们被 UB 的 HR 同事召集到大会议室，甄露早早站在讲台上对入场的员工微笑。

大家落座后，甄露以“Good morning everyone!”开场。令人意想不到的是，整场演讲，甄露都用了英文。

“今天是七夕节，也是中国传统的情人节。1年半以前的2015年2月14日，西方情人节，KK和DK合并。如今，当初的两家公司已经不分彼此，我们已经是一家人。UB是一家伟大的公司，当年我在美国时，就用过UB打车，十分方便。当时，作为一个中国人，我想如果哪一天中国也有这样的产品，那将是多么美好的事。没想到幸福来得太快，也太猛烈。几年间，几十家打车软件进入市场，激烈的竞争，残酷的淘汰，以及大规模的烧钱，让这个原本美好的梦想变得有点儿不那么单纯。好在，我们一直在努力，从没放弃。就像在UB的你们一样，我们都有着共同的目标，用共享交通，让人类的出行更美好。这是UB一直在做的事情，也是KK在做的。过去，我们有着很多的不同，KK的很多员工来自最普通的销售、司机，而UB有着来自全球各地的优秀精英。但除去这些不同，我们有着更多的共同点——我们热爱自己的团队，我们热爱出行这个行业，我们热爱我们一直在努力实现的那个梦想。今天，KK和UB走到了一起，我知道这并不容易，在一开始也一定会有些不习惯。但是没关系，只要那个目标还在，只要我们的梦想还没有消失，我们一定会以共同的智慧和努力，做过去 KK 和 UB 都想做，却还没有做成的事情。我相信，我们一定可以！”

甄露的英文演讲获得了全场热烈的掌声。

这由衷的掌声，是一种释然——原本“洋气”公司对“土气”公司的不屑，在甄露的英文演讲中被完全释然。

第三十回

钱峰委以重任
涉足共享单车

收购 UB 中国后，KK 和 UB 将相互持股，魏沉进入 UB 的董事会，而 David 也进入 KK 董事会。

本质上这是 UB 放弃在中国市场竞争的双赢选择。

在甄露用英文给 UB 北京总部员工发表演讲后，魏沉也给包括 UB 中国员工在内的全员发了邮件。

除了欢迎 UB 同事加入，魏沉也第一次规范了同事对他和甄露的称呼。

“我终于有了自己的英文名，Chance，机会的意思。甄露也一直有她的英文名，Lucy，是光明的意思。欢迎大家以后称呼我们的英文名。”

魏沉在向UB员工示好的同时，也在“去江湖化”，改变大家以前管他叫“老大”的江湖气。

钱峰升任集团高级VP后，杭州的代驾业务虽然还是由钱峰管理，但毕竟时间有限。钱峰将代驾业务大部分交给徐刚管理，集团任命徐刚为代驾事业部的助理总经理。

徐英杰选择了加入KK，集团给他安排来到代驾事业部担任高级市场总监。

从蜜蜂用车，到拒绝加入DK，再到UB，最终来到KK，徐英杰用坎坷而丰富的一圈磨平了自己的个性。

第一次在杭州开会时，徐刚看到徐英杰的电脑上贴有UB的logo贴纸。在会后，徐刚提醒徐英杰，既然加入了KK，尽量不要展现太多过去的痕迹。

倘若是以前的徐英杰，一定会在第二天穿一件写着大大的UB字母的文化衫来公司和徐刚对着干。

但此时的他经历了太多，变得懂得妥协。第二天，徐英杰不仅撕掉了电脑上原有的UB logo贴纸，也把“KK代驾”贴在了电脑背面的正中央。

徐英杰开始细致揣测徐刚的需求，成为徐刚得力的左膀右臂。

徐刚在杭州管理KK代驾业务，将钱峰曾经在代驾事业部会议上说过的“安全，服务，公正，诚信”理念印成大字，贴满了杭州办公区的各个角落。

徐英杰对徐刚的意图心知肚明，协助徐刚把整个杭州办公区的展示做得充满“钱峰味道”。

关于“安全”，是钱峰提到最多的一个词。徐刚将“安全”二字进行了物质上的延展——为每个代驾司机配上了安全头盔。

原本代驾市场上的代驾司机是没有职业装的，在D代驾进入市场后，代驾司机普遍有了反光背心。而这一次，KK代驾给所有司机配备了包括安全头盔在内的“四件套”。夜晚降临，戴着安全头盔、身穿反光背心的KK代驾司机十分醒目且安全。

钱峰见到自己理念的推行，十分满意。

从2015年下半年开始，KK代驾的市场份额不断追赶D代驾，到2016年4月已追平。2016年年底，KK代驾的市场份额占到了近75%，D代驾跌到了20%。

蒋嘉扬面对巨头KK，没有任何办法，选择了让D代驾和姚展龙的九州专车合作。

九州专车在UB退出中国市场后，开始加大了广告投放力度。利用自己的渠道优势，九州专车主打“正规”“标准化”的专车服务，所有车辆及司机都是统一培训，而非KK式的线上招募、在线报名。

九州这家中国最大的租车公司，开始在专车领域和KK较量。

一则“拒绝不安全”的广告让九州专车出尽了风头。广告中，各种KK专车存在的不安全隐患被含沙射影指出。最后，电影明星拿着一个在字母K上划了一道斜线的牌子出现在屏幕中央，告诫观众要拒绝“K”，选择更安全的九州专车。

不过，在钱峰和丁超看来，目前的专车、快车业务依旧保持着绝对的优势，对于九州的攻击并没有回击。

刘竹的商业事业部继续毫无产出的状态，手下又有几名大将离职。2016年12月，刘竹宣布辞去KK集团VP、商业事业部总经理的职务，转投汽车媒体电商车车网，任职CTO。

1月，商业事业部解散，阮海莉被派到集团人力行政部门，转做企业文化总监。

原本放弃钱峰而转投刘竹的DK运营总监齐琳万般无奈，只好加入丁超的KK快车运营团队。

而刘竹手下跟着他一路走来的技术兄弟们，这次却没有再追随刘竹的脚步，而是接受集团安排加入了丁超团队。

原本天时、地利、人和的刘竹的商业事业部，成为KK集团第一个被淘汰的业务。

而原本一切都不向着他的钱峰，却渐渐走上事业高峰。

钱峰所管辖的3个事业部——KK代驾、KK租车、KK专车，分别由一个助理总经理帮他打理具体业务。

代驾的徐刚、租车的申颂萧，以及专车的Mike。

有这3人操心具体业务，钱峰少了很多后顾之忧。

3人中最先由“助理总经理”转正的是申颂萧。

申颂萧是钱峰早期在JS

Mike

生于1984年，湖北人，墨尔本大学毕业。

的同事，又都是管培生。再者申颂萧早期在DK的职位是“首席专车总经理”，要高于钱峰的“区域经理”，如今却不卑不亢为钱峰打下手，钱峰觉得应该把他提为租车事业部总经理。

第二个转正的是Mike，这是魏沉和甄露的决定。

KK收购了巴西最大的打车软件88Taxi，集团需要一位有海外经验的高管去接管巴西的业务。

钱峰一没有海外经验，再者管理重要的3个事业部，不能轻易调动。而钱峰手下的Mike被高层选中。

在出师巴西前，集团为Mike“转正”，任命他为巴西88Taxi事业部总经理。

Mike飞赴地球另一端，成为打开海外市场的第一名大将。

Mike走后，钱峰将更多精力放在KK专车上，不少事也要亲力亲为。

而杭州的徐刚，每周都要到北京出差向钱峰汇报工作。

2017年3月，徐刚向钱峰汇报了一件让他头疼的事情。

“峰哥，你知道最近Lucy派了一个人来杭州吗？”徐刚问。

“听说了，窦潇。耶鲁大学的高才生。”钱峰回答。

甄露和窦潇的父母有一定的来往，同时窦潇又来自自己的老东家GS，甄露自然会多照顾一分。

可是这让天性敏感多疑的徐刚感觉到了威胁，“峰哥，Lucy的意思，是不是让窦潇来管杭州。”

钱峰虽然信任徐刚，但关于大领导的事情，当然也不便乱讲。说话滴水不漏的钱峰只能云淡风轻：“窦潇刚从美国回来，Lucy可能是想让他回国后多锻炼一下，来这边跟你学习学习，你不要多想。”

徐刚仍然紧张：“战略总监，这叫什么名头？而且我们的什么会议他都要参加，我看，他是要来当总经理吧！”

钱峰示意他不要往下讲：“别乱讲，让他多协助你。

窦潇

生于1986年，北京人，高干子弟，耶鲁大学毕业。前投行GS的员工。

但是你也要对自己有信心，现在你把代驾做得很好，这是高层都看到的。做好自己的事，其他的不要多想。”

在KK收购UB后，行业内对KK有了一种新的评价——新三巨头之一。

新三巨头，是相对于过去的B厂、A厂、T厂三巨头而言。

在这几年的移动互联网创业热潮中，有3家引人瞩目的新兴独角兽企业，他们分别是出行领域的KK，本地生活领域的优团网（之前合并了吃评网），还有信息推荐引擎明日资讯。合称KYM。

在UB被收购后，甄岚离开了公司，加入了明日资讯，任高级VP。

UB上海城市经理冯霄文也辞职，加入了共享单车创业团队BM单车，担任CEO。

BM单车是一种基于LBS技术的移动互联网单车，用户可以在App中看到周围的单车位置。找到单车后扫描单车上的二维码，就可以解锁骑行。

BM单车迅速在国内各大城市推广，在国外也获得了不错的口碑。有人将以BM单车为代表的共享单车称作“中国新四大发明”之一，其他几大发明是高铁、移动支付和网购。

中国的人口优势，在移动互联网时代被极大地发挥利用，创造了这些老外想都不敢想的新奇玩意儿。

在中国，只要带一部手机出门，就可以满足衣食住行的所有需求。

在BM风生水起的同时，另一家共享单车公司“FO单车”也在攻城略地。

FO单车的创始人叫王东。

王　东

生于1991年，安徽人，毕业于北京大学，曾在西部支教。FO单车的公司注册名称里就有他支教过的镇的名字。

几个月内，在中国城市的大街小巷，忽然摆满了橙色的BM单车和黄色的FO单车。

投资人似乎也看到了当年KK和DK的那场打车大战即将重现，纷纷押注。

KK也对FO进行了多轮

投资，成为 FO 的最大股东。

在魏沉和甄露看来，FO 将弥补 KK 出行在“最后 1 公里”的短板，让人们除了通过机动车进行远程的出行，也能利用自行车这一便捷工具，完成 1 公里内的出行。

2017 年 7 月，KK 内部邮件以及新闻稿同时发文，任命钱峰为 FO 单车总裁，向王东汇报。

第三十一回

单车打车大战
FO 怒赶 KK

共享单车竞争最激烈的时候，在中国一个大城市的街头，可以看到赤橙黄绿青蓝紫 7 种颜色的共享单车，新入局者没有颜色可用，甚至用闪闪发光的材料来制作车身。

一条马路两边的人行道摆满了各色的共享单车，天气暖和时，人们上下班都骑着共享单车，似乎回到了马路属于自行车的 20 世纪 80 年代。

自行车生产厂家也迎来了几十年来最忙碌的时候，大量的生产订单忽然砸了过来，而且要得都非常急。

BM 单车和 FO 单车作为资本最早介入，覆盖面和单车数量最多的两家公司，在 2017 年占据的媒体封面绝不逊色于 2014 年的 KK 和 DK。

“新打车大战”，有人这样形容共享单车的竞争。

冯霄文加入的 BM 单车，创始人是汪文慧。

相比毕业于北大的王东，汪文慧的三本学校在创业圈里不仅不够有分量，甚至还常常给她带来质疑——连二本都没考上的人，创业能行吗？

年龄比王东大将近 10 岁的汪文慧，在创办 BM 单车前有过 10 年的记者工作经验，而王东是毕业支教后直接创办了 FO 单车。

FO 单车最早创立于北大校园内，供学生骑行，后来推广到北京更多的高校。

最早的 BM 单车则在上海街

汪文慧

生于 1982 年的浙江女孩，毕业于浙江大学城市学院。

头推广，车子造型酷炫，充满机械感，让热爱时尚的上海年轻人十分喜欢。

FO 单车的造型比较普通，就像是一般的女士单车，车身轻盈。

在制造成本上，一辆 BM 单车要接近 1000 元，而 FO 单车只要 200 元。

在这样的成本差下，FO 单车的增量渐渐获得了领先。

在 FO 获得了 KK 的巨额投资后，KK 成为 FO 的第一大股东。

KK 派出钱峰担任 FO 单车的总裁，向王东汇报。

但早在 2016 年 10 月，KK 已经第一次向 FO 投资。彼时的 FO 订单量，只有 BM 的三分之一。

魏沉根据过去 KK 和 DK 合并的经验，希望促成 FO 和 BM 的合并，减少不断投入的大量单车成本，避免恶性竞争。

2016 年年底，魏沉曾经和王东有过一次单独的谈话。

魏沉说："你知道 KK 和 DK 当年的合并，今天我们再看整个 KK 集团，业务远超出了当时的出租车范围，公司也壮大了好几倍，估值已经可以和美国的 UB 媲美。我希望你考虑一下，和 BM 的合并。"

王东说："合并？这个时候的所谓合并，不就是让他们把我们吞并吗？都还没有开始真正的竞争，就要认输，我和其他 FO 的人都不会同意！”

王东这样拒绝投资人的想法也不是第一次。

2016 年 5 月，彼时的 FO 还是一个局限于校园内部的共享单车品牌，而 BM 已经在上海登陆。

王东经 A 轮投资方扬子江资本的介绍，认识了 T 厂的投资人 Steve。

Steve 说：“BM 单车已经进入上海，这是一个很大的市场。我们建议 FO 也考虑走出校园，到城市里发展。”

王东打断 Steve 的话：“不好意思，我想 FO 已经证明了校园模式是成功的。目前我们已经有稳定的盈利，而 BM 恐怕还在赔钱吧。”

Steve 再三劝说，王东有点儿不耐烦：“如果 T 厂方面对 FO 的模式还不够相信，B 轮就不要投了，建议贵公司 C 轮后看清了我们的模式再来投资 FO。”

王东说完，把 Steve 晾在一边，扬长而去。

“终有一天，我们 FO 会像美国的 G 厂一样，影响这个世界！”2016 年 10 月，拿到 KK 领投的 C 轮融资后，王东对记者说。

最终王东拒绝了魏沉的合并建议，选择和 BM 单车死干到底。

2017 年 2 月的年会上，王东奖励了最早和他一起创业的几位员工。

其中一位是公司的 3 号员工李健，他获得了一辆牧马人汽车，因为他曾经和王东说过他的梦想是自驾去西藏。

另一位获奖者是 5 号员工张毅，他获得了价值 100 万元的期权。

他们俩本科时都是王东同宿舍的同学。

那一晚，酒醉的王东没忘记在微信群里发了无数的红包。

年轻的 FO 人幻想着一个王者的诞生，幻想着不愿妥协的 FO 能够击败 BM，让黄色的单车停满世界的每一个角落。

过年后，根据董事会的要求，FO 内部的管理层发生了很多变化，不少重要部门由资深的业内大咖替换掉了原本和王东一起创业的同学好友。

而钱峰的到来，更是让王东感觉到了极致的威胁。

钱峰是一个温和的人，可是在职业经理人这个岗位上，他必须对魏沉负责，对 KK 负责。

钱峰多次和王东探讨与 BM 合并的方案，以及 KK 收购 FO 的方案。

那时的 FO 订单量已经和 BM 不相上下，幻想着一统天下的王东当然不愿在这个节骨眼上放弃竞争，断然拒绝了钱峰的建议。

钱峰同时带来 FO 的还有财务高管 Leon，Leon 在来到 FO 后的一个月内对 FO 的财务状况进行了全面的调查和分析，也和原有的财务人员进行了对接，这让王东更加怀疑 KK 派人来的目的，是要直接接管 FO。

在一次会议上，王东当着钱峰以及其他 FO 高管的面不客气地说："我们不会，也决不允许任何投资人，干预 FO 的内部业务。我们的独立运营是一切投资的前提！"王东的话让钱峰很下不来台。

但钱峰依然不卑不亢，向王东和管理团队施加压力，分析 FO 目前面临的资本形势和竞争格局，劝王东考虑之前的建议。

几天后，李健向王东汇报："供应商那边说再收不到钱，就要把我们闹上新闻了！"

王东让财务一查，应付给供应商的款项为 22 亿元，而账上只剩下 5 亿元。原本谈好的 7 亿美元新的融资，由于 KK 等投资方的不确定，还迟迟未到账。

这让王东心烦意乱。

第二天，李健再次找到王东，向王东建议接受 KK 的收购。

王东大怒，问李健："是不是钱峰找你了？！"

李健支支吾吾："15 亿美元，我觉得可以考虑，而且也可以解决燃眉之急。"

"我们辛辛苦苦做了这么多年，15 亿美元就把我们打发了？当 FO 是什么？"王东愤怒到了极点，拨通了钱峰的电话。

钱峰接起电话，就听到了王东斩钉截铁的命令："KK 的人，全部给我离开 FO！现在！"

2017 年 12 月，钱峰带着当初和他一起雄心勃勃前往 FO 的高管团队回到 KK。

相比担任 FO 总裁时的公告于天下，他的离开似乎没有多少人知道。

对于向一个比自己小十几岁的上级谏言失败，同时也是对魏沉和 KK 给予他的任务的失败，钱峰多少有些沮丧。

回想起从小小区域经理走到 KK 集团高级副总裁，几年时间恍如隔世，当年一起创业的伙伴，有的在海外潇洒自在，有的在成功或失败中各自摸索。而自己在一场风雨后，又回到了 KK。

在钱峰离开 KK 的这几个月，专车市场上也风云突变。

KK 收购 UB 后，九州专车开始逐渐吞食高端市场，以其品牌影响力和渠道优势，获得了巨大的市场增长。

黄洲的 DY 用车卷土重来，也在中档车市场对 KK 专车形成了威胁。

后起之秀也有不少，杭州的刘备专车，主打电动新能源车，以汽车制造企业蓝旗汽车的巨大资本为依托，以电动车的低廉成本，在低端专车领域开出了自己的一条路。

北京的国企京车集团，也推出了自己品牌的京车专车，在低端市场获得了巨大成长。

看似清晰的赛道，忽然又多了无数的敌人和对手。

钱峰回到了成都，在杜甫草堂的茶馆坐下。

成都，是钱峰出生的地方，也是后来他读大学的地方。在成都的街头走一走，总是能让人放松下来。

没多久，申颂萧和徐刚也到了，成都也是他们的第二故乡。申颂萧毕业于四川大学，徐刚毕业于电子科技大学。

三人坐在茶桌前，窗外是一片竹林，围墙外是喧嚣的市井街道，而安静的茶桌边坐着三个内心不平静的男人。

“徐刚，代驾怎么样？”钱峰问。

“市场占有率已经上了 80%，D 代驾不行了。”徐刚自信地回答。

“颂萧，租车业务呢？”钱峰转头问。

申颂萧摇摇头：“成本高，原本的送车上门的模式跑不通。”

钱峰点点头，抿了口茶，又叹了口气，说：“共享单车，还是没能成为我们的最后 1 公里。专车，如今又四面楚歌。”

申颂萧说：“既然 FO 不识抬举，我们干吗不自己做？”

徐刚说：“如果需要，我愿意到北京支援专车！”

钱峰面不改色，但内心却比刚开始多了些希望。

三人喝完茶，走入热闹的成都夜色中。街上的人不会知道，这几个看似普通的路人，是否会改变街上花花绿绿的共享单车和来来往往的网约车的未来。

2018 年春节过后，有了新的人事调动：徐刚担任专车事业部总经理，驻地迁往北京。申颂萧担任新成立的单车事业部总经理，驻地也迁往北京。

KK 开始研制自己的共享单车，FO 最新一轮的融资也没有了 KK 的参与。

三年前，当王东创立FO的时候，他喊出的口号是：“一百多年来，有很多北大人改变了北大，也改变了世界。这一次，该轮到你了！”

第三十二回

许维鸿门宴魏
天下合久必分

在奥运会的领奖台上，除了冠军，没有人会被记住。

创业的赛场上也一样，从来都只有第一和第二，老三往往没有人记得。

打车软件老大 KK 和老二 DK。

分类信息平台老大 49 同城和老二集市网。

本地生活服务老大优团网和老二吃评网。

机票酒店票务老大同行网和老二去这儿网。

王东的 FO 单车和汪文慧的 BM 单车，最激烈的竞争在 2018 年年初达到了顶点。双方投入的单车数量已经占据了全国市场上所有共享单车的98%以上，在这样绝对的两强竞争下，第三名似乎根本不值一提——市场份额不到1%的“你好单车”。

值得一提的是，你好单车创世人李洋的上一个创业项目是在KK代驾和D代驾竞争的时代，早已被人们遗忘的代驾市场第三把交椅——心代驾。

在KK代驾还未进入市场时，心代驾成为代驾市场的第二品牌。然而当KK代驾出现后，D代驾和KK代驾的竞争日益激烈，心代驾的市场份额少到不值一提。

李洋离开了自己一手创办的心代驾，在家乡厦门创立了你好单车。

你好单车2016年11月

李 洋

生于1988年，福建人，集美大学毕业。你好单车的创始人。

才获得 A 轮融资，而当时的市场上，FO 和 BM 已经占据了大城市的大部分街道。你好单车把目光投向了中小城市。

在 FO 和 BM 打得火热的时候，李洋带着你好单车重点打入了双方并不太重视的杭州市场，并以此为契机，多次接触 A 厂以及支付宝的投资人。

2017 年年底，你好单车在 A 厂的资本和技术支持下，开始将单车电动化。原本人力骑行的单车，逐渐更换成了不用脚踩的电动单车。

在外卖 App 市场，原本是三强割据的形势。

合并后的优团网外卖App“优团外卖”占据第一的位置，上海的“吃了么”占据第二，B 厂旗下的“B 厂外卖”第三。

2017 年下半年，吃了么收购 B 厂外卖后，变成了两强格局，吃了么拉近了和优团外卖的距离。

2018 年，A 厂全资收购“吃了么”，外卖市场变成了绝对的两强竞争格局。

一向桀骜不驯的优团创始人许维不惧怕强大的 A 厂，继续加大力度战斗。

外卖 App，是胜负最不清晰的一个战场。

2018 年 2 月 14 日，又是情人节，许维约魏沉吃饭。

6 年前在办公室里看完魏沉的“KK 打车”App 测试版，

骂魏沉和KK“垃圾”的许维怎么也想不到，当时那个来找自己投资的小兄弟，今天已经是打车领域的一方枭雄。

此时KK出行估值已经超过500亿美元，而优团估值只有300亿美元。

许维邀请魏沉吃饭的地方，是在优团总部所在的北京望京的一家韩国餐厅。

望京是北京韩国人的聚集区，这里的韩餐水准整体比较高。

普通话说得还算溜的韩国老板娘恐怕不知道，面前坐着的这两位其貌不扬的眼镜男，是目前中国除了A厂的Jack和T厂的Pony外，互联网界最有分量的人。

当年的BAT，如今的KYM，韩国老板面前的就有其中两位。

他们一个来自江西，一个来自福建，两个相邻的南方省份。在两个省交界的地方，中国共产党的创始人之一毛泽东曾经点燃了革命的“星星之火”。许维作为邀请者，首先对魏沉表示祝贺：“魏沉，KK做得非常棒，出行领域你们已经站稳了绝对的优势地位。”

魏沉第一次见许维这样的恭维，连忙谦虚表示：“业务增长太急，要顾及的面太广，疲于多面受敌，比如KK专车最近就被九州专车追得很厉害。”

许维用生菜卷起五花肉，把大蒜夹在中间，蘸上酱汁，一口咬下去，嚼了几口捂着嘴说："抱歉，还没吃，有点儿饿。"

魏沉笑笑，也用生菜卷上五花肉吃了起来。

许维接着说："不论怎样，KK 的老大地位现在无人撼动。但是我们跟吃了么还有艰苦卓绝的持久战。吃了么背后有 A 厂，而 A 厂也想做本地生活，正看我们不爽。我是在跟巨人搏击啊！"

魏沉看着许维的眼睛，那眼神中似乎并没有语言中的无奈、害怕，而是一种戏谑、挑衅。

魏沉夹了一片泡菜吃下肚，喝了口许维给他斟满的清酒，说："雷军说过，在风口上，猪也能飞起来。我不知道自己是不是他说的那头猪，但许总您肯定不是。当年那么多的创业项目您也遇到过困难，却都能挺过去，您是我最敬佩的创业者。我敬您一杯！"

魏沉忽然的尊敬让许维有点儿没准备好，他匆忙拿起酒杯干掉了杯中酒。

许维放下酒杯，问魏沉："魏沉，KK 有要做出行以外业务的打算吗？"

魏沉深知许维这一句才问到要害，以 KK 的安装人数和覆盖规模，倘若跨出出行领域，或许第一个就是做本地生活。事实上，KK 代驾某种程度上已经是抛开"车"，而提供"人"的服务。人的服务往外拓展，送外卖、快递、代办事务等也会应运而生。

“没有，KK 只做出行。在没有做好出行之前，KK 绝对不会考虑其他领域。”魏沉看着许维的眼睛，斩钉截铁地说。

许维嘴角上翘，说了句“好”。

“那么，”魏沉也借机问许维，“优团会踏入其他的领域吗？比如……出行？”

许维哈哈大笑，拍拍魏沉的肩膀，：“兄弟，我怎么敢做出行呢？出行，我肯定做不过 KK 呀，这不是自讨苦吃吗？”

两人和颜悦色，谈笑风生，一大瓶清酒瞬间见底。

结束饭局，魏沉打了辆 KK 专车回位于西二旗中关村软件园的 KK 总部，许维把魏沉送上车，在车下挥手告别。

魏沉喝得有点儿晕，闭目养神。车上了京新高速，忽然电话打来，是丁超。

魏沉接起电话：“丁超，什么事？”

“出事了。”那边丁超的声音掷地有声，忽然把魏沉惊醒。

“怎么了？”魏沉急忙问。

“南京！优团打车上线了！”丁超说。

情人节这天，许维在邀请魏沉赴“鸿门宴”的同时，南京的优团打车已经悄然上线。优团正式进入出行领域。

当晚，魏沉的朋友圈发了短短5个字：“尔要战，便战！”

2018年2月18日，许维39岁生日这一天，KK通过所有渠道向市场公布《KK外卖即将登陆！》

魏沉派郭发统领地推人员奔赴全国各地，准备打响外卖之战。

3月6日，KK外卖正式上线，第一站登陆南京。

2018年4月，许维的优团网宣布收购BM单车。冯霄文卸任BM单车CEO，BM创始人汪文慧担任CEO。

FO开始妥协，愿意寻找收购方。但之前KK提出的15亿美元收购金额，已经被行业内普遍认为高估。

王东一向的自作主张，不听投资人意见，也让这时的他孤立无援。FO收购变得无人问津。

2018年5月5日，一名空姐在郑州搭乘KK顺风车时惨遭顺风车司机杀害。KK顺风车成为众矢之的。

随后KK推出了整改措施，并将顺风车停运一周。整改后的顺风车规定了司机乘客必须通过实名认证。

2018年8月24日，一名20岁的女乘客在温州搭乘顺风车后失去联系，最终被司机强奸杀害。

潮水般的负面报道和网民的骂声向KK袭来。

魏沉和甄露联名发表致全国人民的道歉信。

KK顺风车无限期下线。

顺风车事业部总经理Kelly被免职。

2018年9月17日，李洋的“你好单车”正式更名为“你好出行”。

2018年9月20日，许维经过多年创业，终于将优团送进了香港证券交易所。

上市当天，优团市值突破了500亿美元。

而原本打算年底上市的KK，因为之前的顺风车事件，被迫推迟了上市计划。

2018年12月，北京FO公司总部外排起了几百米的长龙，民众因为无法退FO单车的押金而前来讨要。

王东被法院列在了失信被执行名单中，甚至无法搭乘飞机和高铁。

2019年1月，被优团收购的BM单车更名为优团单车。

汪文慧辞去 CEO 职位，离开了她一手创办的 BM。

在 BM 单车和 FO 单车渐渐淡出视线后，原本市场份额不足 1% 的老三你好出行凭借电动单车，市场占有率突破了 50%，成为全国第一。

2019 年，全国的大街小巷已经很少见到黄色和橙色的共享单车，蓝白相间的“你好电单车”成为最多人使用的短途出行工具。

申颂萧在尝试了半年 KK 单车的项目后，又同时兼任了“KK 电单车”的总经理。

在每个大城市的郊外，都有一个堆满了共享单车的巨大“垃圾场”，只有用无人机航拍才能看清整个壮观的场面——赤橙黄绿青蓝紫的各色共享单车被堆成了十几米高的小山，被当成垃圾废铁随意挤压丢弃，早已无人问津。

胡伟在拿完期权后，离开了 KK，暂时无业。他和方梅终于赶在杭州新房摇号的最后一拨，买了一套 139 平方米的大四房。

徐星辰在 2017 年进入区块链投资领域，2018 年财富暴增，身价超过 20 亿人民币。

董昭重新在杭州创业，做社交项目，后又放弃。大多时间在香港读书。

陈望离开DK后一直没有工作，爱上了滑雪等极限运动，常年在国内外旅行。

Terry在香港陪家人生活，朋友圈从2016年后再没有更新。

Martin继续在上海创业，做的是保险项目。

刘竹在2018年最后一天离开了车车网，据说将去担任另一家汽车公司的CEO。

高文靠当年资助魏沉创业的70万元天使投资，如今获得了超过100亿元的回报。

丁超的快车业务继续面对着低端专车的冲击。

钱峰和徐刚的专车业务也和九州专车未分胜负。

申颂萧的KK电单车，追赶你好电动单车的路还十分漫长。

那些曾经在这个行业里的，现在仍旧在这个行业中的，或者即将进入这个行业的人，每个人都在快速而疲惫地迎接着一个又一个未知的明天。

在风口中，每个人都变得面目全非。它像一个黑洞，让人迅速变成连自己都不认识的那个人。

董昭是否想忘记2010年冬天里站在徐星辰办公室楼下

吃包子的日子？

魏沉是否记得躺在杭州万塘路旅馆床上时对未来的无助？

许维是否后悔自己曾经看轻了那个上门来给他看打车软件模型的年轻人？

徐星辰是否该庆幸自己没有因为嫉妒，过早结束生命而没等到下一次财富的爆发？

到底是这些人创造了风口时代？

还是这个风口时代造就了他们？

这是一个还未结束的风口时代。